藍染袴お匙帖

漁り火

藤原緋沙子

双葉文庫

目次

漁《いさ》り火《び》

藍染袴お匙帖

第一話　漁《いさ》り火《び》

一

陽の光は、浅草寺の参道を白く照り返していて、眩《まぶ》しいばかりの陽気である。

梅雨《つゆ》が明けたばかりだというのに、夏は足早にやってきたようだ。

参道の両脇には朝顔を売る店がもう立ち始めていて、往来する女たちの目を誘っている。

「朝顔か……もう夏だな」

菊池求馬《きくちきゆうま》は、呟《つぶや》いたものの、ありきたりの台詞《せりふ》だと気づき、気まり悪そうに並んで歩く桂千鶴《かつらちづる》の横顔をちらと見た。

その声音《こわね》には、千鶴の顔色を窺《うかが》うような気配《けはい》が見える。

千鶴は立ち止まると、きっと求馬の顔を見た。悪さを見咎《とが》められた子供のような求馬がおかしくて笑って言った。

「白状しなさい。求馬様、おじ様は仮病《けびょう》ですね」

「いや、痛いとおっしゃるのだから痛いんじゃないのか」

求馬は、もごもごして言った。その目は千鶴の視線を逃れるように泳いでいる。

「嘘ばっかり……」

千鶴は睨《にら》んだ。

「庭の植木を剪定《せんてい》していて、ぎっくり腰になったなんて……求馬様はあんな話を信じているんですか」

「し、信じるも何も、本人がそう言っているのだ」

「五郎政《ごろまさ》さんから聞き出しました。昨夜も田原町の小料理屋に芸者さんを呼んで、どんちゃんどんちゃんやったんですって」

「……」

「そんな人が、どうして具合を悪くして伏せっているんですか。大体、あのものぐさなおじ様が植木の剪定などなさるとは思えません」

「まあなじゃありません。仕事が一段落したら顔を出しますって言ってるのに、おじ様も困った人ね」

「それだけ千鶴殿を頼りにしているということではないか」

「まったく……」

「まあな……」

千鶴は苦笑した。

二人は、根岸《ねぎし》に暮らす酔楽《すいらく》を訪ねての帰りだった。

求馬が一昨日酔楽を訪ねたところ、酔楽が腰を痛めて伏せっていて、千鶴に会いたがっているなどと言うものだから、千鶴は今日の診察はお道《みち》に頼んで、求馬と酔楽の見舞いに行ってきたのである。

だが訪れている患者のことを思うと気が気ではなかった。

お道に診察はまだ荷が重い。膏薬《こうやく》を貼ったり、おきまりの薬を出すぐらいのことは出来るが、新しい患者の診立《みた》てや難しい患者の治療は千鶴がいなくてはどうにもならない。

そうでなくても近頃千鶴は忙しかった。

父の東湖《とうこ》が残してくれた桂治療院も、近頃は患者が毎月のように増えているし、奉行所から頼まれて引き受けた、小伝馬町《こでんまちょう》の牢医師の仕事もある。

内科ばかりか長崎帰りの外科の腕もあると知った人たちが、遠くから駕籠《かご》を寄こして往診を頼んで来ることもある。

とても弟子のお道と二人では捌《さば》ききれない状態で、酔楽が住む根岸の里には足が遠のいていたのだが、心の中では父の友人だった酔楽をいつも気にかけて暮らしているのである。

――それを……。

子供のように嘘までついて千鶴を呼ぶ酔楽も酔楽だが、そんな酔楽の策略に荷担した求馬にも恨めしい気持ちである。とはいえ一方では、本当の病でなくて良かったと思う千鶴であった。

――おじ様は父も同然のひとだもの……。

そう思い返せば、ささやかな孝行をつくしたようなもの……。千鶴は気分を変えると、

「求馬様、何か美味《おい》しいお菓子とお茶を頂いて帰りましょうか」

戸惑って歩く求馬の横顔に言った。だがその時だった。

「あらっ」

見知った男が、石畳の向こうから女連れで歩いて来るのが千鶴の目にとまった。

男は神田鍛冶町《かんだかじちょう》に昨年小さな店を開いた、小間物屋の吉蔵《きちぞう》だった。

そして女は、着ている物も化粧も髪型もどことなく茶屋か小料理屋の女将《おかみ》のように見える三十路《みそじ》のひとで、ちらりちらりと吉蔵に流す視線にも熟《う》れた色気が窺えた。

吉蔵もそれに応えて、笑ったり頷《うなず》いたりしているのだが、普段連れている荷物持ちの小僧や手代は側には見えない。

二人は、賑《にぎ》やかな人の行き来や両脇の店に視線をやることもなく、むろん千鶴が近づいて来ていることにも気づきもしないで話に夢中のようだった。

「どうしたのだ、知っている者か……」

求馬も足を止め、やって来る二人連れに目を投げた。

「ええ、小間物屋の吉蔵さんという人です」

「吉蔵……まったく鼻の下を長くして、あれはかみさんではないな」

「ええ……」

千鶴の脳裏には、病がちの白い顔をした吉蔵の女房おぶんの顔が過《よ》ぎって消えた。

　声をかけるのもはばかられるような感じがして、千鶴は二人から顔を背けたが、

「これは先生」

　吉蔵の方から声をかけて来た。

「あら、吉蔵さん」

　今気づいたように千鶴は吉蔵を見た。

「それじゃね」

　女は吉蔵に囁《ささや》くと、千鶴ににこりと笑みを送って、一人で本殿の方に向かった。

「お得意様の女将さんです」

　吉蔵は少し決まり悪そうに言ったが、すぐに千鶴が求馬と一緒なのを見て、

「先生もお詣りですか」

　腰を折って聞いてきた。

「ええまあ」

「お天気もよろしゅうございますから……」

天をあおいだ。

その目が千鶴に戻るのを待って、

「おぶんさんはいかがですか」

千鶴はおぶんの容体《ようだい》を聞いた。

吉蔵の女房おぶんが、寝つかれないで動悸がするなどと言い、桂治療院に来たのは十日も前、その後どうしているのかと気になったのだ。

「はい、今のところはお陰様で安定しております。私も先生にお聞きしたいことがございまして、そのうちにお訪ねするつもりでございました」

吉蔵の顔には先ほどとは違う屈託が見える。

だが吉蔵は、側にいる求馬にちらと視線を走らせ会釈すると、

「あらためましてまた……」

そそくさと過ぎて行った。

紺地の着物に濃い茶の色の帯をきりりと締めた吉蔵は、後ろ姿もなかなかの男ぶりである。

その後ろ姿に千鶴は呟いた。

「何か心配事でもあるのかしら……」

「おや、あれは……やっぱりそうだ、浦島殿《うらしま》だ」

浅草御門にさしかかった時、求馬が神田川沿いの河岸地を見て立ち止まった。

「ほんと、浦島様ですね。事件かしら……」

千鶴も立ち止まって河岸を覗いた。

同心の象徴である黒羽織が、朱の房の十手を振って小者《こもの》たちに指図している。

間違いなく南町奉行所の浦島亀之助《かめのすけ》だった。

そして向こうから戸板を急ぎ足で運んで来る小者が見え、その小者たちを急がせているのが岡っ引の猫八《ねこはち》のようだった。

「求馬様、行ってみましょう」

千鶴は、求馬とともに急いで土手を下りて河岸に走った。

「これは先生、よいところに来て下さいました」

猫八がいち早く気づいて、千鶴に頭を下げた。

「土左衛門《どざえもん》か……」

求馬は、亀之助の足下に転がっている町人を見て言った。

着物は濡れてはだけていて、白い足が剝き出しになっている。髪も水を吸って重たく顔にかかっていたが、仰向けに寝かされたその町人は、眉の濃い、小太りの五十前後の男だった。

「定中役《じょうなかやく》の小森伝一郎《こもりでんいちろう》さんが手札を渡している岡っ引の彌次郎《やじろう》です」

亀之助は土左衛門を顎《あご》で指した。悔しそうな顔をしている。

定中役というのは、他のお役に手が足りない時に補佐するお役目の同心のことをいうが、亀之助もつい先頃まで定中役だったのだ。

ようやく今は定町廻りの補佐として飛び回っているが、いつまた定中役に戻されるかわからない心もとない立場である。

それだけに、同僚だった小森伝一郎の手下が殺されたのは、我が身に降りかかった厄難と同じだと思っているようだった。

「匕首《あいくち》のような刃物で刺されていますね」

遺体の側にしゃがんで検分していた千鶴が言った。

「先生、彌次郎さんは、そこの岸にひっかかっていたんですよ」

猫八はすぐ側の水際を指して言い、

「畜生、許せねえ。どんなことしても敵《かたき》をとってやる」

拳を握った。

その時だった。

神田川を下ってきた一隻の荷船が、岸に寄せてきて停まった。

船頭が顔を出して、

「町方の旦那……」

声をかけてきた。

「あっしは、そこに倒れている男を袋叩きにしている者を見ましたぜ」

おそるおそる言う。

「何、話してくれ。詳しくな」

亀之助は、男に近づいて言った。

「へい。夕べ、仕事を終えての帰り、向こうの新し橋《あたらばし》にさしかかったところでございやした。二人の男がその人を両脇から抱えるようにして河岸地に連れて行きまして、ええ、昨夜は満月でしたからね、よく見えたんでございやす。何でも口を封じろとか殺せとか、恐ろしい言葉を吐いておりましたから、あっしは橋の袂《たもと》から身を隠して見ていたのでございやす」

「すると何か……争っていたのは新し橋の近くだな」

「へい。あっしは筋違橋《すじかいばし》の近くにある船屋で働いている者ですが、家に帰るには新し橋を渡りやす。それで偶然見たんでさ」

「人相風体、も少しわかっていたら教えてくれ」

「一人は背が高い男でした。で、もう一人は、小太りの男でして、江戸者じゃあねえようでした」

「何……」

「あっ、そうそう、小太りの男が、背の高い男を兄貴と呼んでおりやした」

「兄貴とな」

「へい、で、その兄貴というのが、腰に小さ刀を差していたようでした」

「ではその兄貴とやらは侍だったのか」

「さあ……」

船頭は首を傾《かし》げる。

「どう見てもお侍のようには見えませんでしたが……」

船頭は申しわけなさそうな顔をして言い、

「こんな話じゃあお役に立ちませんか、旦那」

「いや、大いに助かった、ありがとう」

亀之助は礼を言った。

「浦島さん、手柄を上げるいい機会ではないか。いったいこの彌次郎が何を調べていたのか、まずそれを聞き出すことだな」

求馬が言った。するとすぐに、

「菊池殿、千鶴先生もぜひ……」

よろしく頼みますと、亀之助は片手頼みで二人の顔を交互に見た。

「浦島様、わたくしはお奉行所のお役人ではございませんよ」

千鶴は躱《かわ》した。安易に返事をすると、亀之助はなんでもかんでも相談に来かねない。

「今度だけは……」

亀之助は情けない声を出す。

「本当に今度だけですか……」

千鶴が苦笑すると、すかさず猫八が二人に近づいて、囁くように言ったのである。

「そろそろね、定町廻りのお役目を頂けるかどうかの裁定が下るようです。あっしからもよろしくお願いいたしやす。いえなに、先生に探索の行方を聞いていただくだけで安心出来るんですから、うちの旦那は……」

二

猫八の言う通り、二日後の午後には亀之助が治療院に現れた。

「先生はおいでか……そろそろ診察は終わったころかと思ってな」

頃合いを見て現れたのは良かったが、亀之助は中年の同心を連れ、待合いから診療の座敷に入って来た。

丁度お道が実家の伊勢屋《いせや》から持ち帰った虎屋《とらや》の羊羹《ようかん》を出したところだった。

「あら、やっぱりね。もう先生に助けを求めにいらしたんですか……それも、丁度おやつの時間に現れるなんて」

お道は亀之助をからかった。

「お道ちゃん、その羊羹、俺たちにもな。虎屋の羊羹だろ」

亀之助は少しも堪えていない。

「しょうがないわね、お竹《たけ》さん、端っこのほうでいいから差し上げて下さい」

お道はお竹に片眼を瞑《つむ》って頼み、

「先生、浦島様ですよ」

隣の調合室にいた千鶴を呼んだ。

浦島は千鶴が出てくると、連れて来た同心を紹介した。

「先生、定中役の小森伝一郎さんです」

「小森です」

小森は言い、目礼した。

威儀を示そうと口を引き締めているのだが、まん丸い顔をした小森は、奉行所の同心とは思えぬ気の抜けた雰囲気を持つ男だった。

目鼻もあるべき所に配置されていて、格別不細工というのではなかったが、全体にしまりがない。

そんなところは亀之助と共通しているのだが、その男が眉間《みけん》に皺《しわ》を寄せて沈痛な面持ちで千鶴に言った。

「先生にお目にかかれて有り難い。こちらの浦島さんからも、是非にも先生に、彌次郎の一件、聞いていただいた方がよいと助言を貰いまして……」

もごもごと口を動かしたが、千鶴が、

「お役に立てるかどうか……」

苦笑して見せると、

「浦島さんのお手柄は、全て先生に助力を頂いてのことと聞いております。先生、殺された彌次郎は、うだつのあがらぬこんな私でも主《あるじ》と思って、ずっと手を貸してくれていた者……先生に助力を頂いて、是非にも犯人を捕縛したいと思いまして……」

きっと千鶴の目を見て言った。

亀之助は早速羊羹をがぶりとやっているが、伝一郎にはお茶を手に取る余裕もないようだった。

千鶴は、気の毒な思いで頷いた。

すると、伝一郎はほっとした表情を見せた。だがすぐに改めて顔を引き締めると、

「実は、彌次郎には、半年前から八十助《やそすけ》という男を探索させていたのです……」

千鶴の目を見詰めて言った。

「何者ですか、八十助という人は……」

「女衒《ぜげん》です。赤羽《あかばね》の三田三角《みたさんかく》に岡場所があるのは、先生もご存じですね」

「ええ、聞いたことがあります」

「半年前のことです。八十助という男は、三田三角の三益屋《みますや》という宿に女を売り

つけたのですが、その女がその晩逃げ出しましてね……八十助はすぐに後を追って捕まえたらしいのですが、折檻《せっかん》して殺してしまったらしいのです」

「訴えがあったのですか」

「はい。見た者がおりましてね、その者が奉行所に投げ文をくれたのです」

「……」

「と言いましても、ここだけの話ですが、そんな話は五万とありますから、投げ文があったといっても、いちいち定町廻りが動くことはありません。そこで定中役の私にそのお役が回ってきたのです。つまり形だけ調べろということです」

千鶴は黙って聞いている。

そもそも女衒の商売は違法である。人の売り買いは禁じられている。ところがお上《かみ》は、見て見ぬふりをしてきているのである。

それというのも、女衒の商売を厳しく取り締まれば、事情があって身を売らなければ暮らしが成り立たない者たちがまず困るし、そもそもお上が黙認している売娼宿の商売がなりたたなくなる。

そこでお上は、吉原やその他岡場所で女を酷使し、あるいは折檻して殺してしまっても、病気で死んだと届ければ、真相を調べることもなくすましてきた。

ただ、身売りも商いも事情によっては罰せられることがあるし、八十助が連れてきて売った女は、調べていくうちに拐《かどわ》かされて江戸に連れて来られた者だとわかり、奉行所も形ばかりの調べというわけにはいかなくなったのである。

「すると、その八十助という男は、自分で拐かした女たちを宿に売っていたのですか」

「そうらしいのです。先生、順を追って話しますと……」

奉行所に投げ文してきた告発状には、匿名《とくめい》だったが、女郎宿三益屋の女が折檻されて殺されたとあった。

そこで伝一郎が宿に出向いてみると、三益屋は無許可で女の斡旋《あっせん》をしている宿で、厳しく問い詰めていくうちに、八十助が連れてきた女は、拐かされてきた女だとわかったのだ。

女将の話によれば、八十助は女を身よりのない者だと説明したらしい。

だが女は、台所の仕事をする婆さんに、自分は八十助に拐かされて連れてこられたのだと訴えていたというのである。

女将はその時はそれを信じなかった。

女がこの仕事から逃れたいための方便だと思っていたのだ。

ところが女は、その晩、宿を抜け出した。

挙句に殺されるという事態になったのだが、三益屋の女将も、まさか誰かが奉行所に訴え出るとは、思いもよらなかったに違いない。

ただ、伝一郎が手下の彌次郎と三益屋に行った時には、八十助はとっくに姿を晦《くら》まし、行く先もわからなくなっていたのであった。

「千鶴先生……」

そこまで話すと伝一郎は大きく息をつき、

「しかしその後の調べで、八十助が三田にくれば立ち寄るという居酒屋が見つかりまして、その居酒屋に聞きましたところ、生国が相模国《さがみのくに》の吉見藩領の者だとわかりました」

「吉見……東海道筋にある藩ですね」

「はい。で、吉見藩の町奉行所に八十助のことを文書で問い合わせたところ、八十助は幾人もの女たちを騙して売り飛ばしていることが知れたのです」

「まあ……すると他の所にも女たちを斡旋していたのですね」

千鶴は驚いた顔をして茶碗を置いた。

「そういうことになります。八十助は国元の城下でもお尋ね者になっていました。ですから、母親がいるのですが、そこにもずっと姿をみせていないということでしたので、私と彌次郎は三田近辺の女郎宿を張っていたのです。奴がまた新しい女を連れて現れるのではないかと……」

「すると、彌次郎さんは、八十助を張っていて、それで殺されたということですか」

「おそらく……数日前に私は彌次郎から、八十助はこの江戸にいると報告を受けていましたから、彌次郎は八十助をずっと尾けていたんだと思います」

「……」

「八十助はこれで二人殺しました。そうでなくても、女を拐かして売れば死罪です。どんなことをしても、八十助を捕まえなくてはなりません」

「ええ……」

「そこで先生にお願いしたいことがあるのですが」

「なんでしょうか」

「浦島さんとも相談したのですが、八十助を隠れ屋から燻《いぶ》り出そうじゃないかと
……」

「……」

「つまり、三田を中心に女郎宿やめし屋や旅籠屋《はたごや》に八十助の人相風体を伝えて、通報して貰おうと考えているのです」

「小森様、彌次郎さんを殺したのは背の高い男と、小太りの男だと聞いていますが、八十助と符合しますか」

「します。小太りの男の素性はわかっていませんが、八十助は背が高いと聞いています。それに、もう一つ、八十助だと証明出来る特徴があるのです。八十助は女衒をする前に国元で窃盗《せっとう》を働いておりまして、その時に二の腕に一本の入れ墨を入れられています」

「わかりました。頼みというのは、八十助がお役人の目から逃れるために、二の腕にある入れ墨を消す治療をするのじゃないか、もしもそういう患者が現れたら知らせてほしい、そういうことですね」

「さすがは先生、おっしゃる通りです。知り合いの外科の先生方にもその旨頼んでいただきたいのです」

「わかりました、お安い御用です」

千鶴は、笑みを浮かべて頷いた。

「有り難い」

伝一郎は額の汗をぐいと拭うと、急いで懐から半紙を取り出し、千鶴の膝前に広げて置いた。

紙には、眉の薄い、目も口も薄い、冷たい感じのする男が書いてあった。

「三益屋の女将から聞き出して書かせた八十助の人相です。念のためにこちらの治療院にも参考までに置いておきます」

伝一郎はそう言うと、立ち上がった。

その時だった。

玄関先で切迫した声が上がった。

「先生、先生！」

お竹が玄関に走ったが、すぐに引き返してきた。

「先生、日吉屋《ひよしや》の小僧さんです」

「日吉屋さんが……」

千鶴はお道と顔を見合わせた。

――日吉屋といえば、先頃浅草寺でばったり会った吉蔵の店ではないか。

「女将さんが腹を抱えて痛がっていると言っています。往診をお願いしたいと……」

お竹は言った。

「わかりました、お道ちゃん」

千鶴はお道に頷くと、奥に走った。


「起き上がれますか、おぶんさん」

千鶴は、おぶんに声をかけた。

「ええ、もう……」

おぶんは、ゆっくりと体を起こすと、

「お騒がせして申しわけありません」

白い顔を俯《うつむ》けた。

おぶんは、千鶴とお道が日吉屋に駈け込んだ時には、茶の間で口に手巾《しゅきん》をくわえて蹲《うずくま》って呻いていたのである。

亭主の吉蔵は出かけており、手代の梅吉《うめきち》が小僧に言いつけて、千鶴の所に連絡してきたというのだが、おぶんは不安だったに違いない。

千鶴が触診したのち、軽い痛み止めをおぶんに飲ませると、四半刻（三十分）も経たぬ間に、おぶんの呻きはおさまったのである。

普段からおぶんは病気に対して神経質なところがあった。

特にこの半年近くは、胸が苦しいだとか眠れないとか言って千鶴の治療院にやって来ていて、原因はおぶんの心の中にあるのではないかと千鶴は考え始めていた。

今度の痛みもまさにそれで、内臓に何か疾患があってのこととは思えなかった。

「おぶんさん、ひとつお聞きしたいのですが、何か心配ごとでもあるのですか。私が診たところでは、あなたの病は、みな心気からきているように思えてならないのです」

千鶴は、金盥《かなだらい》で手を濯《すす》ぐと、布団の上に起き上がって襟を合わせているおぶんに聞いた。

「ええ……」

おぶんは、曖昧《あいまい》な返事をした。ちらと店の方に目を遣っているところを見ると、手代と小僧が気になる様子である。

だが、まもなく店に客が訪れて、二人がその客の応対をする声や気配が聞こえて来ると、

「先生、私、吉蔵さんに離縁してもらった方がよいのではと、ずっと考えているんです」

おぶんは意外なことを口走った。

「何を言っているのですか、吉蔵さんを嫌いになったんですか」

千鶴は軽く受け流したが、おぶんの表情は真剣だった。

「私のような者が、吉蔵さんの側にいちゃいけないいんじゃないかって……」

千鶴はおぶんの言葉に唖然《あぜん》とした。

昨日今日一緒に暮らし始めたというわけではない。所帯を持ってもう数年は経っている筈だ。

「立ち入ったことをお聞きしますが、喧嘩でもしたんですか」

じっと見た。

「……」

「だってついこの間までは、どうしたら子供が授かるのでしょうかなんて気にしていたのに……それとも、何かおぶんさんに思い過ごしがあるのではありませんか」

千鶴は諭《さと》すように言った。

しかしそう言いながらも、千鶴の脳裏には先日浅草寺で会った吉蔵の顔が浮かんでいた。

美しい女将と連れ立って笑みを湛えていた吉蔵だが、おぶんの病に話が及ぶと、何か屈託のある様子を見せたのである。

千鶴に改めて話があると言ったのも、おそらく女房の身体を案じてのことだろうと思っていたが、このぶんでは二人の間に何か心配事が生じているのは間違いなかった。

なにしろ吉蔵は男ぶりがいい。

ついこの間まで背中に荷を担いで回っていたのが、あれよあれよという間に、小さいとはいえ一軒の店を構えて商うようになった。

客の受けがいいということだろうが、つまりは女に人気があるということだ。

先日連れ立っていた美しい女将も、吉蔵に岡惚れしている様子だった。

だが、それが店の繁盛に繋がれば結構なことだし、そんなことにいちいち焼き餅を焼いていたら、商売人の女房は務まらない。

――吉蔵への焼き餅でないとしたら……。

「やっぱり、お子さんが授からないことを気にして……そうですか」

千鶴は、俯いているおぶんの顔を覗いて言った。

「……」

おぶんは、一点を見詰めて考えている。

「心配しなくても、授かるときには授かるものです。それに」

「先生……」

おぶんは、千鶴の言葉を遮《さえぎ》って顔を上げた。険しい眼をしていた。

千鶴が見たこともない眼の色だった。

「先生、先生にはお話ししていませんでしたが、私、昔、国元で体を商売にしていた女なんです」

おぶんは目を逸らして口走った。

「おぶんさん……」

「私、何人もの男を相手にしていた女なんです」

「だからって、今更どうして離縁しなければならないのですか。いいですか、おぶんさん。私の患者さんの中には、あなたと同じように身請けされて女房になった人が何人かいます。皆さん、子のあるなしにかかわらず幸せに暮らしていますよ。昔は昔、そんなこと気にすることはありませんよ」

「……」

「第一、吉蔵さんがそうだと言うのならともかく……そんなことを気にするような人じゃないから、おぶんさん、あなたを女房にしたんじゃありませんか」

千鶴は強く遮ったが、

「先生、吉蔵さんは私に同情して身請けしてくれたんです。その同情に、ずっとすがっていていいのでしょうか」

おぶんは自分の思いこみの内から踏み出すことが出来ないようだった。

「……」

千鶴は大きなため息をついた。相当心は重症だと思った。

すると、おぶんは、

「先生、聞いて下さいますか、女郎をしていた私が何故ここにいるのかを……」

思い詰めた表情で見詰めてきた。

千鶴は黙って頷いた。

患者の心の叫びを聞くことも医者の務めである。

「私は相模国で生まれました」

「相模国……」

千鶴は聞き返した。

「はい。でも父は私が七歳の頃に亡くなりまして、母は私が十二歳になった時再縁しました……相手は、関屋《せきや》様とおっしゃるお屋敷に奉公していた中間《ちゆうげん》で、多五郎《ごろう》という人でした……」

おぶんは母親に連れられて、関屋という武家の屋敷の長屋に入った。

多五郎にはおぶんより三つ年上の息子が一人いたが、おぶんと母親にちらと顔を見せただけで、すぐに長屋から出て行った。

多五郎の話では、女房を亡くしてから男手一つで育ててきたが、近頃は父親に反発ばかりして、長屋には寄りつかなくなったのだということだった。

それもあってか多五郎は、口数の少ない男だったが、おぶんを我が子のように可愛がった。

おぶんはそれがなにより嬉しかった。

実の父親が亡くなってから、おぶんは母と二人で暮らしてきたが、毎日小料理屋で働く母の帰りを、膝をかかえて一人で待っていたのである。ところが、多五郎と一緒になって以来、母は毎日おぶんの側にいてくれるし、優しい父も出来た。

暮らし向きはけっして余裕あるものではなかったが、おぶんは幸せだった。

だが、そんな暮らしも三年あまりで終止符を打たれた。

義父の多五郎が急逝《きゅうせい》したのである。

主の関屋は、亡くなった多五郎に代わって当時十八歳になっていたおぶんの義兄に奉公するようにと言ってくれたが、義兄の行方はわからなかった。なにしろ義兄は父親が死んだことすら知らないのである。

途方にくれた母は、おぶんを連れてお屋敷の長屋を出た。

二人はまた、もとの寂しい暮らしに戻っていた。

それから二年、母が家で仕立物の内職をし、おぶんは小料理屋の通いの女中として働いた。

——二人で働けば、肩寄せ合って生きていけば、なんとかなる……。

かすかな希望が見えてきた時だった。

義兄がふらりと二人の前に現われたのである。

そして、二人が蓄えていた全財産の五両三分を、義兄は母の懐から奪い取るようにして持ち去ったのだ。

義兄はそれから、二人が少し蓄えればふらりとやって来て、金を持ち出した。

おぶんは一度、母から金を取り上げた義兄にくってかかったが、義兄はせせら笑って言った。

「お前たちが来てからは、俺は親父から小遣いを貰えなくなったんだ。そんな余裕はねえと言われてな……だからその時の分を頂こうってわけだ」

まもなくして母が倒れた。

それでおぶんは女郎屋に五年の年季で奉公に出たのであった。家の金は義兄が奪うようにして持っていって底をついている。おぶんが小料理屋から貰う給金では、とても母を医者に診せることは出来なかったからである。

「私が吉蔵さんと知り合ったのは、奉公に出て二年目でした……」

おぶんは言い、一瞬夢見るような眼差しをしてみせたが、すぐに唇をかみしめると、

「おっかさんのために、おっかさんが元気になるのならと奉公に出たんですが、義兄《にい》さんが今度は私のところにお金を取りに来るようになりまして……それを知った吉蔵さんが、私を身請けしてくれたんです。吉蔵さんは今になってそのことを悔やんでいるのではないかと……いえ、この私が心苦しいのです」

「思い過ごしですよ、おぶんさん……」

「先生……」

「おぶんさん、あれやこれやと心配することが、おぶんさんには一番よくありませんよ。おぶんさんの病はここからきているんですからね」

千鶴は自分の胸を小さく叩いた。

三

「先生……千鶴先生」

小伝馬町の牢屋敷を出てきた千鶴を呼び止めたのは、吉蔵だった。

おぶんの往診に日吉屋に行ったのは三日前のこと、どこかまたおぶんの具合が悪いのかと思ったが、

「先生、少しお時間を頂けませんか」

吉蔵がそう聞いてきたところをみると、そうではないらしい。

「これから帰って往診に出なければなりません。半刻（一時間）ほどでよろしければ……」

「ありがとうございます」

吉蔵は、ほっとした顔をしてみせると、連れていた手代に、

「おぶんに私のことを聞かれたら、まだお得意先を回っていると答えなさい」

そう言って先に店に帰し、千鶴を小伝馬上町にある茶屋の二階に誘った。

「すみませんね、美味しい菓子餅とお茶を頼みます。今度来た時には、ゆっくり料理も頂きますからね」

吉蔵は、部屋に案内してくれた女中にそう言うと、素早く女中の手に、紙に包んだ小粒を握らせた。

「ごゆっくり」

女中が菓子と茶を置いて退出すると、

「先生……」

吉蔵は沈痛な顔を向けた。

「先生、おぶんの具合はいかがでしたでしょうか。おぶんのどこがどう悪いのか、どうすれば元の元気なおぶんになれるのか、今日は先生に直にお話を伺いたくて待っていたのでございます」

膝を揃えて千鶴に言った。

「吉蔵さんは、おぶんさんから何も聞いてはいないんですか」

「お恥ずかしい次第です。実は、おぶんが先生に往診していただいたことも昨日知ったのです。それも手代から聞きまして」

「そう……吉蔵さん、あの日おぶんさんにもお話ししましたが、おぶんさんの病は、心に屈託があるためだと考えています」

「やっぱり……」

「何か心当たりがあるのですか」

「近頃様子がおかしいんです。時々黙って出かけて行きまして、何処《どこ》に行って何をしてきたのか、一度も話してくれたことがありません」

「手代さんや小僧さんも知らないんですか」

「はい」

「それはおかしいですね」

「それだけではありません。どうもお金を持ち出しているようでして」

吉蔵は、言いにくそうに言った。

「おぶんさんが……」

「はい……私はおぶんが必要なお金なら自由に使ってくれたらいい、そう思っているんです。現に今までおぶんは、一文一朱でも私に、これこれこういう物に使いましたと話してくれていたんですから……そう思って見ていたんですが、おぶんが自分に使った気配はないのです」

「……」

「それも一度に三両五両と……」

「まあ」

「私は知らぬ顔をしているのですが、持ち出したお金は、もう二十両にもなります」

「一度聞いてみたらいかがですか」

「ええ、それも考えてみたのですが……」

「誰かおぶんさんと親しい人はいませんか。その人に融通してあげたんだけど、吉蔵さんには言いにくかった……」

千鶴は頭の中でおぶんの義兄のことを考えていた。

ただはっきりそう聞けなかったのは、おぶんから告白されたと昔の話を吉蔵に告げてよいものかどうか迷ったからである。

「いいえ、お金の貸し借りをするような人はこの江戸にはおりません」

吉蔵はきっぱりと言ったあと、

「ただ……」

少し言いよどみ、

「おぶんには素行のよくない義兄さんがいるのですが、私たちがこちらで暮らしていることは知らない筈ですから、ひょっとして男が出来たのではないかと疑ってみたんですが……」

「そんな馬鹿な……吉蔵さん、おぶんさんを信じてあげて下さい。実は……」

千鶴は思いきって、往診した時に聞いた、おぶんの心のうちを吉蔵に話してやった。

「まさかおぶんがそんな話を……」

吉蔵は驚いた様子だったが、

「私がおぶんを疎《うと》んじるわけがありません。四年前に国元の女郎屋で初めておぶんに会った時から、私の心の中にはおぶんしかおりません」

きっぱりと否定して、

「先生、当時も私は小間物屋をやっておりましてね、おぶんが奉公していた宿にも時折顔を出していたのでございますよ」

吉蔵は、これまで千鶴にはおくびにも出さなかった昔の話を語り出したのだった。

吉蔵の話によれば、国元の城下には岡場所がいくつかあるが、その一つ、柳川という町にある松葉屋《まつばや》に立ち寄った時、部屋の隅でじっと一人で本を読んでいる女郎に気がついた。

細面の、横顔のさびしげな女だった。

他の女郎は、みな吉蔵が広げた小間物を囲んで、あれがいい、これがいいと、この時ばかりは普通の娘たちと同じで賑やかに品定めをしているのに、その女は小間物には眼もくれないのである。

綺麗な端切れ、小袋、紙袋、財布に白粉《おしろい》、紅にかんざしと、年頃の女が欲しがるものばかりを吉蔵は並べている。普通の娘なら知らぬふりは出来ない筈だった。

だから女郎たちは、客から貰った心づけを密かに貯め、吉蔵が現れるを待っているのだった。

吉蔵は、本を読んでいる娘が気になった。

顔見知りの姉女郎の一人に聞いてみた。

「あの人はなんていう名の人だね」

「ああ、あの子ね」

その女郎は、後ろを振り返って、ちらとおぶんに眼を投げると、

「おぶんちゃんもたまには買いなよ、あたいたちの気晴らしは、せいぜい小間物を買うぐらいのものなんだからね」

大声で呼びかけたが、おぶんはちらとこちらを見て苦笑を浮かべただけだった。

おぶんはすぐに顔を本に戻した。

「ほら、生意気でしょ、あの娘、ここではあやめっていうんだけど、買わないよ、あの娘は……」

鼻で笑った。

「へえ、それはまた、どうしてでございます？」

吉蔵は、視線をおぶんの横顔に置いたまま聞いた。

「やくざな兄さんがいてさ、貯めたお金を、ぜーんぶ持っていくらしいからね」

「……」

吉蔵は、次の言葉を呑み込んだ。

不用意に尋ねたことを後悔した。

吉蔵はその後も月に一度はその宿を訪ねたが、それ以来おぶんに会えずにいた。

吉蔵は、ますますおぶんが気になっていた。

会ってどうしようということではなかったが、年頃の娘が女郎に身を落としてもなお、かんざしひとつ買えぬという実情を知り、心が動かされたのだった。

そんな夏の暑いある日、吉蔵は喉を潤したくて水を貰いに井戸端に向かったが、そこで水を汲んでいたおぶんとばったり会ったのである。

「あっ……」

おぶんは小さな声をあげて、ぺこりと吉蔵に頭を下げた。

「あの、おぶんさんでしたね」

吉蔵は、とっさに聞いた。予期せぬ出合いにあわてていた。

「はい」

おぶんは素直に答えた。

「ここでは、あやめさんというらしいね」

「はい。何も買えなくてすみません」

おぶんは、にこりと笑った。買えないことを卑下するわけでもなくさらりと言った素直な態度が、吉蔵の胸を刺した。

「そんなことはいいんですよ、あっ、そうそう、おぶんさんに会ったらお渡ししようと……」

吉蔵は、急いで懐を探ると、草花を施した柘植《つげ》の櫛を出して、おぶんの手に握らせた。

「いただけません」

おぶんは突き返してきた。だが、

「なあに、売れ残った物です。ここに少し傷がついているでしょう。ですからもう、商売にならない物です。こんな物をさしあげては失礼かもしれませんが、この櫛はおぶんさんにぴったりじゃないかと思いましてね」

さらりと言い、ことさらに気遣うことのないようにさりげなく押し返した。

実のところ櫛の傷は些細なもので、商品の価値を問われるほどのものではなく、通常売ってる品である。

それはおぶんに貰ってもらうための口実で、どう言えばおぶんに渡せるものかと考えに考えた台詞だった。

吉蔵は、宿に立ち寄ると決めた時から、懐に忍ばせていたものだった。

「本当に頂いてもいいのですか」

「はい。よろしければ、どうぞ……」

にこりとしておぶんの顔を見詰めると、おぶんの顔が急に華やいだのだった。

「うれしい……ありがとうございます」

おぶんは、深く頭を下げると、黒い瞳で吉蔵を見返した。

濡れたような目が、吉蔵には眩しかった。

「さあ……」

吉蔵は手を差し出して、おぶんの手から櫛を受け取ると、おぶんの黒髪に柘植の櫛を挿《さ》してやった。

「似合うよ、おぶんさん……」

吉蔵は、眩しい目で、改めておぶんを見詰めた。

「先生……」

吉蔵は、じっと耳を傾けている千鶴の顔を見て言った。

「先生、私はその時から、おぶんをきっと女房にしてみせると考えていたのです。同情などではございません。私は櫛を上げたその時にはもう、おぶんのことが頭から離れなくなっていたのでございますから」

「わかりますよ、吉蔵さん」

「ありがとうございます」

「それで身請けして江戸に……そうですね」

「はい。身請けしたのはその年の暮れでございました。残っていた年季の分二十五両を女将の手に渡して、おぶんの母に会いに行きました」

「そういえば、苦労して育ててくれたおっかさんが病気になったために女郎になったのだと言っていましたが、もう元気になっているのですか」

「はい、その折にはもう……それで私はおっかさんに言いました。江戸に落ち着いたら必ず呼びますから、それまで待ってほしいと……でもおぶんのおっかさんは、おぶんと私の手を取って、私のことはいい、二人が幸せに暮らしてくれたらそれでいいのだと……もう二度とここに来ては駄目だ、義兄さんから逃げられなくなるからね……そう言って私たちの背を押してくれたのです。義兄に見つからないうちに国元を早く出て行けと、家から押し出すようにして見送ってくれました。それで私とおぶんは、後ろ髪を引かれながらも、この江戸に向かったのです」

「……」

千鶴は頷いた。

千鶴の脳裏には、寒風吹きすさぶ街道を肩を寄せ合いながら足早に江戸に向かう二人の姿が過ぎった。

吉蔵は話を継いだ。

「おぶんの義兄が追っかけてきているかもしれない、私とおぶんは日に夜を継いで歩き続け、この江戸に入ったのは夜も五つ（八時）を過ぎておりました……」

深川に安い宿があるというのを聞いていた吉蔵は、とりあえず宿に向かったが、永代橋《えいたいばし》を渡っている時に、漁に出る船を見た。

かがり火を舳先《へさき》に焚《た》く白魚漁の船だった。

一艘、二艘……いくつもの船が、佃島《つくだじま》に向かっていく。

その船の上で激しく燃えさかる炎は、二人の胸に新たに点じた炎だった。

「おぶん……」

吉蔵は、立ち止まっておぶんの肩を抱き寄せた。

「幸せになろう……幸せにしてみせる」

「吉蔵さん……」

二人は、しっかりと見詰め合った。

その時の決意を、吉蔵はけっして忘れることはない。

「そういうことです、先生。お恥ずかしい話ですが、私の気持ちは今もその時のままです」

吉蔵は話し終わるときっぱりと言った。

吉蔵の話に嘘はない……と千鶴は思った。

「頃合いを見て、吉蔵さんの心を伝えてみます」

「そうしていただければ有り難い、お手数をおかけしますが、おぶんをよろしくお願いいたします」

「いいのですよ、これも治療のひとつです。おぶんさんの胸が晴れれば病はどこかに吹っ飛んでしまいますからね」

「はい」

そこまで言って、千鶴はふと気づいて言った。

「吉蔵さん、おぶんさんがお金を持ち出して黙って出かけるのは、ひょっとして、国元のおっかさんに何かあって仕送りしているのではありませんか」

「いえ、それなら私に言ってくれる筈です。店を持ちました時に手紙でおっかさんを呼ぼうとしましたが断られました。その後はずっと、おっかさんの暮らしが立つように仕送りをしてきています。もしもそれでも不都合なことがあれば、私にも隠さずに話してくれる筈なんです。先生に話を聞いていただいている時に、ひとつ思い出したんですが、おぶんは子供を欲しがっておりましたので、ひょっとしてどこかで子授かりのご祈禱《きとう》をしていただいているのかもしれません。ええ、私はそう思うことにいたします」

吉蔵は、照れくさそうな笑みを見せた。

四

千鶴は、自宅の門を入る度に、父の遺品となった治療院の看板に感慨深げに目を止める。

『桂治療院』と厚手の杉板に墨書《ぼくしょ》された太い字を見ると、たとえ疲れていても、また力が湧いてくるのである。

――お父様……。

千鶴は、薬籠《やくろう》を抱えたまま、手を伸ばして看板の埃を払った。

往診して帰ってきたところで、薄闇に映える墨書に、晩年の父の姿を見たような気がしたからだ。

「先生……」

その時だった。千鶴を呼ぶ声がした。

声はお道のようだと、門を入りかけた足を止めて振り返ったが、お道はいなかった。

治療院は藍染川《あいぞめがわ》沿いに建っていて、屋敷の外では川の音が結構大きく聞こえてくる。

——今の声は川の音だったのか……。

と千鶴は思ったが、

「千鶴殿」

今度は求馬の声がした。

振り返って目を凝《こ》らすと、求馬とお道が近づいてきた。

「先生……」

お道は、千鶴に走り寄った。

お道の顔は強ばっている。何か危険にさらされたのは間違いなかった。

「お道ちゃん、何かあったのね」

千鶴も胸騒ぎを覚えていた。

お道はここ数日、神田の鍛冶町に出かけて、日吉屋のおぶんを見張っていた。

千鶴の話を聞いたお道が、おぶんが何処に出かけて行くのか、自分が調べてみると言い出したのだ。

治療のひとつになると思えばこその申し出だったが、千鶴は制した。

何かあっては、お道の両親に申しわけないと思ったからだ。

だがお道は聞かなかった。

小間物屋の女房を尾けて危険なことに見舞われるなどあるはずがないと笑ってのけたのだったが、お道の予想は外れたのに違いない。

「お道ちゃんには和泉橋《いずみばし》の袂でばったり会ったんだが、得体の知れぬ男に尾けられていてな、このままでは危害を加えられると思って俺が一緒に帰って来たのだが……」

求馬は座敷に座ると、消沈しきった顔で座っているお道をちらと見て、千鶴に言った。

「聞けば吉蔵の内儀を張っていたらしいな」

「ええ」

「水臭いな、俺に言えばいいじゃないか」

「すみません、私が軽く考えていたんです」

お道は首を竦《すく》めた。だがすぐに、

「でも先生、私、おぶんさんが、とんでもない人と会っていたのをこの目で見てきました」

興奮した声を上げると、

「今日吉蔵さんは朝から手代さんと出かけて店には小僧さんとおぶんさんが店番をしていたんですが、七つ（午後四時）頃だったでしょうか、おぶんさんが人目をはばかるように出てきました……」

お道は、日吉屋のさし向かいにあるしるこ屋から、この数日見張っていたのだが、おぶんの姿を見て、すぐに後をつけた。後をつけながら、おぶんに悟られまいと頭巾を被った。

おぶんはしかし、何か考え事をしているのか、脇目もふらず北に向かって歩き、筋違御門に出ると、今度はそこから右手に折れ、柳原土手《やなぎわらどて》際にずらりと並んだ古着や古道具の店の前を人の流れに紛れて歩き、ふいに左に折れたと思ったら柳原堤にある稲荷《いなり》に入った。

稲荷は、柳森稲荷という。

境内には柳の木が土手に沿って植わっていて、いままさに緑の葉が伸びきって川風に枝が揺れ、蟬《せみ》の声が姦《かしま》しかった。

一方の川側には茶屋が二軒と、しるこ屋が一軒店を出していた。

おぶんは、社《やしろ》に近い茶屋に入った。

お道も、何食わぬ顔で、その店に入った。

緋毛氈《ひもうせん》を敷いた長い腰掛けが五つあり、おぶんは奥から二番目の腰掛けに戸口に背中を向けて座っている。

これ幸いと、お道はおぶんに背中合わせをするように、隣の腰掛けに座った。

すぐに注文を取りにきたが、お茶と五色団子を小さな声で頼むと、お道はおぶんの動向を窺った。

客は、おぶんとお道と、それに一組の老夫婦が戸口近くの腰掛けに並んで座って表を見ていた。

やがてその老夫婦は出て行ったが、入れ替わるようにして、背の高い男が店に入って来た。

男は店の中を見渡すと、おぶんの方を見てにやりと冷たい笑いを浮かべ、おぶんと差し向かいになるように、一番奥の腰掛けに、戸口に顔を向けて座った。

茶屋の女が近づくと、邪険に向こうへ行けと手で払って、

「持ってきてくれたんだろうな」

身を固くして俯いているおぶんに、卑屈な笑みを浮かべて言った。だがその目は、張りついたら逃さぬ陰険で執拗な光を宿している。

男の顔をちらと見たお道は、背筋が凍るような感覚にとらわれていた。

どう見ても無頼の輩、まっとうな暮らしをしている人間には見えなかった。

――どうしてあんな男と……。

不審を募らせながら、耳を傾けていると、

「義兄さん、もう無理です。もう勘弁して下さい」

おぶんが、押し殺した声で言った。せっぱ詰まった、今にも泣き出しそうな声音である。

――に、にいさん！……。

あの男がおぶんさんの兄さんなのかと、お道は仰天すると同時に、胸には早鐘

が打ち始めたのを感じていた。

お道の耳は、ホラ貝のように大きくなっている。息を殺して窺うと、

「おぶん、俺は俺のために言ってるんじゃあねえんだぜ、おっかさんのために頼んでいるんじゃねえか……お前が金を出してくれたら、俺が国に帰っていい薬も飲ませてやれるし、医者にもかけてやれるってな」

「……」

「なんだその目は……俺が嘘でもついてるとでも思ってるのか」

「もう二十両も渡しましたよね、義兄さん……あのお金は、どうしたんですか」

「だから言ってるだろ、高麗人参《こうらいにんじん》を買ったんだって」

「でももう、私が持ち出せるお金はありません……」

「馬鹿な……吉蔵って野郎はよ、結構な得意先を持ってるじゃねえか、金がない筈はねえやな」

「義兄さん……」

「ちゃんと調べてあるんだ。いいか、お前が金を出せないというのなら、こっちだって考えがあるってこった」

「な、何言ってるんですか」

「ふっふっ」

男は不気味に笑って、

「俺が何も知らないとでも思っているのか、え、おぶんよ……お前の返事一つで俺は吉蔵を訴えることも出来るんだぜ、そうすりゃあ今の暮らしもあるものか、吉蔵は死罪、お前も無事ではすまねえぜ」

「義兄さん！……いったい何の話ですか、吉蔵さんが何をしたというのですか」

おぶんは、男の言葉を遮るように声を荒げた。

「へっへっ、何もお前は知らないのか。おもしれえ、帰って聞いてみな、吉蔵によ」

「義兄さん、いい加減なこと言わないで」

「俺が言いたいのは、一緒にいちゃあとばっちりを食うぜってことだ。それとも俺が乗り込んで」

「止めて……」

おぶんは制した。そして、辺りをはばかるように小さな声で言った。

「どうすれば、義兄さんの気にいるんですか」

「だから、言ってるだろ……吉蔵はいい男ぶりで、お前の知らない女がいる、つまりお前なんぞには飽き飽きしてらあな。そんな男を庇《かば》う必要はねえ、ひと思いに……」

「何を言うの、そんな人ではありません」

「それが嫌なら、奴に遠慮せずに金を持って来るんだ」

「……」

「聞いてるのか」

男は押し殺した声で言った。

「……」

「安心しな、これが最後だ。五日待つ。それだけあればなんとかなるだろ……三十両はいるんだ、いいな」

男はそれで立ち上がった。

打ちひしがれて口もきけないおぶんを置いて、男は出て行ったのである。

「それで私も、その男の後を追ったんですが……」

お道は、息を荒らげて千鶴に言った。

「居場所をつきとめたんですか」

「それが……」

お道は、口ごもった。

稲荷を出たところで、お道は男を見失った。

慌てて土手沿いに出店をしている柳原通りに出た。しかし、左右に目を凝らしたが、男の姿は無かった。

落陽が、行き交う人を急かしていた。

目の前に並んでいる店も、まもなく帰り支度を始めるに違いない。

お道は、男を追うのを諦めて、ぶらぶらと東に向かって歩き始めた。

――今見てきたことを、一刻も早く千鶴先生に伝えなければ……。

だがお道は、突然恐怖に襲われて、後ろを振り向いた。

誰かに尾けられているような感じがしたからだが、先ほどの男の姿は、往来する人の中には見えなかった。

ほっとして歩き始めたが、尾けられている感じはぬぐえなかった。

足を速めて和泉橋の袂まで来たとき、

「お道ちゃん……」

橋を渡って来た求馬とばったり会ったが、求馬が険しい顔をして、お道を庇うようにして立ち、後方を睨んだ。

「求馬様……」

不安な表情で見上げたお道に、求馬が言った。

「妙な男に尾けられていたぞ」

「えっ」

どきっとして振り返ったが、

「逃げた、町人だな、心当たりはあるのか」

「え、ええ……背の高い人でしたか」

「いや、背は高くはない。丸顔で背が低い男だ」

「丸顔で……知りません」

お道は首を横に振って否定した。

「そうか……とにかく、一緒に帰ろう。俺も治療院に行く用がある」

求馬はもう一度、ちらとお道が歩いて来た道に目を遣ってから、お道を促した。

「千鶴殿、お道ちゃんが尾けられていたのは確かだ」

求馬は、お道が話し終えると言った。

「おぶんさんと会っていた男ではなかったのですね」

「お道ちゃんからは道々話を聞いたが、違うな……ともかく、偶然だったが和泉橋で会ってよかった。あのまま尾けられていれば、どこかでお道は危害を加えられたに違いない。それほどお道を尾けていた男には危険なものが見られたのだ」

「仲間かもしれませんね」

「恐らくな……それにしても、あの吉蔵には、人には知られたくない過去があると言うことだが……」

「先生、まさかおぶんさん、吉蔵さんを裏切って……」

「お道ちゃん、そんなまさかがあってたまるもんですか」

千鶴はお道の言葉を遮ったが、

「聞いた以上は放ってもおけまい」

求馬の言葉に頷いた。

「まずその兄だな。兄をなんとかせねばならんが、しかし本当に、おぶんに兄がいたのか？」

求馬は千鶴に聞いた。

「ええ……」

千鶴は、おぶんと吉蔵に聞いた話を掻い摘んで求馬に話した。

「そうか、するとおぶんが吉蔵と江戸に住んでいることを知って追っかけてきたというのか……国はどこだ」

「国……相模国だと聞きましたが……お道ちゃん、日誌を持ってきて」

千鶴ははっと何かに気づいたようにお道に言いつけた。

日誌には、病状はむろんだが、生国をはじめ患者の昔の記録がかなり詳しく書き込んである。

「先生、おぶんさんの生国、これには相模国吉見藩と書いてありますよ」

「吉見藩……」

どこかで聞いた藩だと頭にひっかかったが、それを思い出す前に、

「よし、俺が吉見まで行ってきてやる」

求馬が言った。

「よろしいのですか、求馬様」

千鶴が申しわけなさそうに立ち上がった求馬を見る。

「そうでもしないと千鶴殿は納得するまい……かといって患者は待ったなしに押し寄せてくる。だから俺が行く。何、吉見なら二日もあればたどり着ける。ここ

も、吉蔵についても、吉蔵についても、行けばおぶんの義兄についても吉蔵についても

わかることが多いはずだ」

いつもながらの求馬の身の軽さに、

「申しわけありません」

千鶴は頭を下げて玄関まで見送ったが、ふいに求馬が振り返って言った。

「そうだ、酔楽先生だがな、あんな小芝居をして我ながら情けないと反省しきりだったぞ。それを知らせてやろうと思っていたのだ」

にこりと笑った。その目が優しい。

千鶴は少しどぎまぎしたが、

「求馬様」

玄関に降り立った求馬に声をかけ、

「これを……」

三両を素早く包んだ懐紙の包みを求馬の手に押しつけた。

「吉見藩を往復するぐらいの金はあるぞ」

求馬は白い歯を見せて笑った。

「それではわたくしの気持ちがすみません。それに、どんなことにお金がいるか

わかりません。お持ち下さいませ」

「案じてくれるのなら千鶴殿、俺をひやひやさせるのはこれっきりにして貰いたいものだな」

求馬は懐紙の包みを押し頂くようにして袂に入れると、淡い月の光が差す外に出た。

見送った千鶴が診察室に引き返すと、お道がくすりと笑って言った。

「先生、求馬様は先生のこと、うふふ、よほど心配なんですね」

「何ですか、わけ知り顔をして」

きゅっと睨んで窘《たしな》めるが、お道はそんなことに頓着《とんちゃく》しない。

「だって、先生をご覧になる目が、あつくてあつくて……」

袖団扇《そでうちわ》で襟元を大げさに扇ぎながら部屋を出て行った。

「お道ちゃんたら、もう……」

そう呟きながらも、千鶴の頭には、先ほど見せた求馬の笑顔がチラついていた。

五

「先生はいらっしゃいますか」

幸吉《こうきち》が晴れない顔で現れたのは、求馬が相模に向かってから五日目だった。

幸吉は本町にある薬種問屋『近江屋《おうみや》』の手代だが、時々治療院にやってきて薬の調合を手伝ったり、薬園の世話をしたり、時には遠出の往診につきそってくれたりしてくれる、千鶴にとっては有り難い人物だった。

ただ、ここしばらく幸吉は、平の手代から手代頭に昇進して、少し治療院には足が遠のいていた。

「あら、お久しぶりです」

職人風の患者の腕に包帯を巻いていたお道は振り返ると、廊下に立ったままの幸吉に会釈を送った。

「いて、いてて、お道さん、もっと優しく頼むよ」

患者の男が泣き言を言った。

「大丈夫よ、もうほとんど良くなったのだから。男の癖にだらしないわね」

患者を叱りつけると、幸吉に顔を向けて、

「先生は調合のお部屋ですよ、患者さんもあと二人で終わりですから、どうぞ中へ」

目で促した。

幸吉は入ってくると、

「先生、少しよろしいですか」

薬の調合が行われている部屋の外から千鶴を呼んだ。

すぐに千鶴は出てきたが、幸吉の顔色を見るなり、

「何かあったのですか」

怪訝《けげん》な顔で幸吉に座を勧めた。

「先生、つかぬことをお尋ねいたしますが、先生は、昨日、誰かに頼んでうちの店に、附子《ぶし》をとりに寄越しましたか」

「附子……」

千鶴は驚いて幸吉を見た。

附子とは猛毒トリカブトに手を加え、減毒したものだが、匙加減《さじかげん》ひとつで人を死に至らしめる毒性の強い薬剤だ。

新陳代謝を促したり、腰痛や四肢の痛みを和らげる時にも使うが、滅多やたらに販売してはならない薬剤だった。

「いいえ」

怪訝な顔で千鶴は首を横に振った。

「そうですよね、先生はそういう薬はいつもご自分でお求めになるか、私がここにお持ちしていました」

「ええ……なにか」

「それが、今年小僧から手代になって、店で接客を許された駒七《こましち》という者が、女の客にうっかり名所《などころ》を聞かずに渡したと申しまして、旦那様はたいへん困っておりまして……」

と言う。

毒薬を販売するには、客の名と所は必ず聞いて、帳面にしたためなければならないという決まりがある。

「幸吉さん、まさかその女客が、この治療院の者と言ったのですか」

千鶴は驚いて聞いた。

「いいえ、こちらの治療院の者だと言ったわけではないようですが、こちらで使っている袋を出して、これに入れてくれと言ったようです」

「袋というのは、これですね」

千鶴は側の机に載っている薬袋を見せた。

千鶴の治療院では、患者には薬包紙に小分けした物を、さらにその袋に詰めて渡している。

袋には『桂治療院』の印判が押してあった。

「そうです。その袋のようです。駒七はてっきり、先生のお使いだと思ったようです。それで、名も所も聞かなかったと……」

千鶴は、話を聞いて愕然とした。

「幸吉さん、あなたもご存知のように、ここでは患者さんに袋をお渡しする時には、患者さんの名を書いてお渡ししています。患者さんを間違えると大変なことになりますからね」

特に往診して後で薬を取りに来るように患者の家族に言った場合など、名を書いていなかったら、渡す方も混乱する。

「それが、袋に名は書いてなかったようです。駒七が先生の使いだと勘違いしたのは、それもあります」

「……」

「先生、まさかとは思いますが、渡した薬で人を殺《あや》めでもすれば先生にもご迷惑がかかります、どうしたものかと……」

幸吉も困惑しているようである。

「幸吉さん、手代の駒七さんに会わせて下さい」

千鶴は立ち上がっていた。

桂治療院の袋を持っていたのなら、ここに来たことがある女に違いない。その者が無断で袋を盗んでいったか、あるいは往診の時にその家で薬を調合して渡す時には袋に名を書かない場合もある。

いずれにしても、その女を応対した駒七に人相風体を聞けば、見当がつくかもしれないのである。

千鶴は幸吉と一緒に本町の近江屋に走った。

駒七は千鶴を見ると、

「旦那様にもきつく叱られまして……」

と深く頭を下げた。

駒七は、主の清兵衛《せいべえ》から、接客不要を申し渡され、しゅんとして裏庭で小僧と薬草を干していたのである。

「駒七さん、薬を求めに来た人ですが、どんな人でしたか。覚えていることがあれば教えて下さい」

千鶴は言った。すると、

「歳は……二十四、五か……三十にはまだなっていないと思います。色の白い、そうそう寂しげな感じのする人でした」

「どんな着物を着ていましたか、木綿とか上布とか、それにどんな色の帯だったか……」

「着物ですか……」

ふいに聞かれたように駒七は聞き返し、しばらく考えたのち、

「黒地の絣模様《かすりもよう》の帷子《かたびら》に、藍色の帯だったかと……」

少し自信のなさそうに答えた。

「……」

千鶴には記憶がなかった。

「他にも何か思い出したら教えて下さい」

千鶴はそう言い置いて近江屋を出た。

すでに日は落ちて、家並みは薄墨色に包まれていた。

軒提灯《のきぢょうちん》に灯をともす店があちらこちらで見られ、千鶴はその灯を踏みしめるようにして治療院に向かった。

頭の中から、治療院の薬袋を使って近江屋の手代を安心させて毒物を手に入れた女の姿が離れない。

――上布の帷子……その柄は黒地に絣、そして藍色の帯……。

少しゆとりのある家の女かと思われるが、千鶴の患者にはその程度の単衣《ひとえ》の着物を持つ者は、いくらでもいる。

それに、考えてみれば毒薬を求めた女が千鶴の患者だったとしても、千鶴の治療院にやって来た時に着ていた着物と同じだとは限らないのだ。

また、患者本人ではなく家族かもしれないし、袋はどこかで拾われたものかもしれないのである。

そこまで対象を広げると、女の特定は一層難しくなって、千鶴は思わずため息をついた。

――おや……。

千鶴は家の近くまで帰ってきて、立ち止まった。

藍染橋を忙しく歩いて来るのは求馬だった。

「求馬様……」

小走りすると、

「千鶴殿」

求馬も走って近づいて来て、

「話がある。千鶴殿も驚く話だ」

険しい顔で千鶴を見た。


「まずはおぶんの兄のことだが……」

求馬は、冷たい麦茶を一服すると盆に戻し、求馬の言葉を待ち受けている千鶴の顔を見た。

燭台の灯が、求馬の緊張した顔を映している。

余程重大な話をつかんできたのだと、千鶴も息を詰めて見返したが、お茶を運んで来たお道も、千鶴の後ろで身じろぎもせず、求馬を見詰めていた。

「千鶴殿」

求馬は、少し興奮ぎみに言った。

「おぶんの義兄は、八十助という者だったぞ」

「八十助……」

千鶴は絶句し、

「求馬様、まさか、まさかあの女衒の八十助……」

聞き直した。

「そうだ。俺はまずおぶんが奉公していた女郎宿松葉屋に行ってみたのだ。そこの女将に話を聞いたのだが、八十助は吉蔵が千鶴殿に話した通り、たびたび宿に現れて、おぶんから金をむしり取っていたようだな。女将も気の毒がっていた」

「でも兄とは言っても、血は繋がっていないんでしょ」

お道が聞いた。

「そうだ、八十助はおぶんのおふくろさんが再婚した相手の息子だった男だからな。おぶん母子から金をむしり取っていた頃はまだしも、今や拐かしに殺人犯だ。もはや国元の城下には入れぬ。窃盗で入れ墨を入れられ城下を追放になったにもかかわらず、近頃は娘を拐かし、折檻して殺し、その上に南町同心の手下まで殺したとあっては、捕まれば死罪だ」

「すると求馬様、おぶんさんを脅していたあの言葉……おっかさんの薬代を出せなどという話は真っ赤な嘘、おぶんさんからお金を引き出すための方便だったのですね」

お道が怒りを含んだ声で言った。

「そういうことだ、俺は女将に教えて貰っておぶんのおふくろさんに会って来たが、元気だったぞ」

求馬は、おぶんの母親には、吉蔵夫婦と懇意《こんい》の者だと言い、所用で近くに来たのだが、吉蔵夫婦におふくろさんの様子を伝えてやろうと思って立ち寄ったのだと伝えている。

その時、母親の口からも、八十助の名を聞いている。

「おふくろさんは、八十助がおぶんを訪ね当てて金を絞り上げているのではないかと案じていた。しきりに俺に、あの二人を助けてやってほしいというので、俺も頷いたのだが……本当のところは言えぬからな」

求馬は難しい顔をして、

「奴なら吉蔵の店が破綻《はたん》するまで脅して絞りとるに違いない」

「求馬様、その脅しですが、吉蔵さんの昔に何かあったんですね、八十助に脅されるようなことが……」

千鶴はずっと気になっていたことを訊いた。

それを知らなければ吉蔵夫婦を救いようがない。

「それだが……」

求馬は、眉間に皺を寄せると、

「これも最初に訪ねた松葉屋の女将に聞いたのだが、どうやら吉蔵は、身請けの金を奉公先の井筒屋《いづつや》という小間物屋からねこばばしていたらしいのだ」

「吉蔵さんが……」

「女将も二人が去って後に知ったらしい。井筒屋の番頭が訪ねてきて、それでな」

「いったいいくらねこばばしたんですか」

「四十五両ほどだったそうだ。得意先を回って集金した金だったらしい」

「……」

千鶴はため息をついた。

人の家は覗いてみなければわからない。関わっている患者の多くが、一つや二つ、人には言えぬ悩みを抱えていて、それを知らされた時千鶴も心を痛めるのだが、

――吉蔵夫婦の抱えているものは……。

そんなことではすまされない重く厄介な話だと思った。

「千鶴殿、それで俺は、吉蔵が奉公していたという井筒屋に回ってみたのだ。女将の話で、井筒屋の主の和兵衛《わへえ》が、吉蔵のことは表には出さない、不問に付すと言っていると知ったからだ……」

話しようによっては吉蔵が助かる道があるかもしれないと、求馬は井筒屋を訪ねて主の和兵衛と面談した。

そこで和兵衛から、

「菊池様とおっしゃいましたね、私は吉蔵のことは忘れることにいたしました。私の知っている吉蔵は商人として機転も才もある男でして、いずれ番頭に上げ、店の暖簾《のれん》も分けてあげようと思っていた男です。その男が、何もかも失う覚悟で女郎を救った、吉蔵だから出来たことです。あの子は捨て子だったのを私が育てましてね、あの子のことは誰よりも私が知っています。暖簾をやる時には、もっと多くの金を持たせてやるつもりだったんですから、その金を渡してやったのだと思っているのですよ」

思いがけない言葉を聞かされたのだった。

「主、ならば頼まれてくれぬか」

求馬が江戸での吉蔵夫婦の様子を話すと、和兵衛は硯箱《すずりばこ》を引き寄せて、

「証文を書きましょう。あの金は、私が暖簾分けに渡した金だと……」

喜んで一筆したためてくれたのだった。

「本当ですか」

千鶴は言い、お道と見合わせた。

「これがその証文だ」

求馬は懐から油紙に包んだ書状を出し、千鶴の前に置いた。

六

懸念していた吉蔵の過去の誤ちは、これで解決するとほっとしたのもつかの間、翌日千鶴と求馬が日吉屋を訪ねると、

「今先生のところをお訪ねするところでした」

吉蔵が青い顔をして店に出てきた。

吉蔵の手には墨字の後も新しい半紙が握られていた。

「おぶんが、おぶんが書き置きを残して家を出て行きました」

吉蔵は、千鶴と求馬を奥の座敷に上げると、持っていた半紙を広げて見せた。

半紙には、
吉蔵さん、この江戸で暮らした三年間は本当に幸せでした。ありがとう。

でも、これ以上あなたに迷惑はかけられません。

二度とあなたが苦しむことのないように、義兄さんのこと、私がきっとけじめをつけます。

ですから私のことは離縁して下さいますように……そして捜さないで下さい。

どこにいても、何をしていても、永代橋の上で見た、あの灯りを忘れません。

そんな言葉が書き散らしてあった。

「いつだ、おぶんがいなくなったのは」

置き手紙を読み終わった求馬が聞いた。

「はい、本日は早々にさるお屋敷をお訪ねする約束をしておりましたので、そこに手代を連れて参りまして、帰ってきたのが四つ（午前十時）だったでしょうか、その時には、おぶんの姿はありませんでした。小僧に聞きましたら、私が帰って来る少し前に出かけて行ったというのですが……」

「金は、持ち出したのか」

「はい、十両ばかり」

「十両か……」

八十助が要求していたのは三十両の筈だと求馬は思った。

手紙にある通り、おぶんは命を張って、義兄の八十助と対決するつもりらしい。

「いったいどうやって、あんな義兄さんと渡り合えるというのでしょうか。先生、夕べ私は、これまでの話をおぶんに聞きまして、この店を畳んで、どこか別のところに住み替えようかと考えていたところなんです」

「吉蔵、もう逃げ回ることはないのだ」

求馬は、懐から預かって来た井筒屋が書いた証文を出して置いた。

「これは……」

訝《いぶか》しい目を求馬に向けた吉蔵に、

「井筒屋の主、和兵衛の書状だ」

「……」

吉蔵は驚愕して書状を取った。

手がぶるぶる震えている。おぶんの家出で青くなっていた顔が、今度は恐れをともなって頬が硬直しているように見えた。

「読んでみろ。井筒屋の主の温情が書いてある」

求馬に急かされて、吉蔵は巻紙を開いた。

素早く走らせた緊張した吉蔵の目に、まもなく涙があふれ出た。

求馬が吉見藩で聞いてきた話を掻い摘んで告げてやると、吉蔵は書状を胸に抱き、声を殺して泣いた。

「旦那様……」

「求馬様、ありがとうございます。おぶんが知ったら、どんなに喜んでくれたことか……これまでおぶんには内緒にしていたのですが、夕べ問い詰められまして……ええ、義兄さんが私が罪を犯していると脅したらしくてね、本当のことを知りたいと……それで、隠しきれなくなって話しました」

「そうか、おぶんはそれで家を出たのだな。八十助とけじめをつけると書いてあるのは、それもあって……」

「あの着物……」

千鶴がその時、ふいに立ち上がった。

「吉蔵さん、あの着物、おぶんさんの物ですか」

千鶴は隣の部屋の壁際にかけてある着物に走り寄った。

それは上布の帷子《かたびら》だった。黒地に絣《かすり》の柄で、スキが入っていて、着用したときには涼しげに下の着物が透けて見えるようになっている。上品な色けを演出してくれる織りになっていた。

「そうですが……おぶんが気に入って私が買ってやりました。その着物をどうして置いていったのかと……」

「吉蔵さん、帯は……この着物に藍色の帯を締めたことはありますか」

「そう言えば……ええ、あります。箪笥《たんす》に入っている筈です」

千鶴は絶句して求馬と見合わせたが、

「求馬様、手分けしておぶんさんを捜さなければ、おぶんさんはあの附子を使って八十助を殺すつもりです」

「千鶴先生、今なんとおっしゃいました……おぶんが義兄さんを殺すとは、どういうことです」

吉蔵は驚いて聞き返した。

「今は説明している暇はありません。一刻も早くおぶんさんを捜さなければ」

「先生……」

小僧が敷居際で呆然と立って言った。

「あの、おかみさんは、おはぎを作って、それを持って出かけました」

「おはぎを……」

千鶴は、ぎょっとした顔で求馬を見た。だがすぐに、

「どこに行くと言っていたか、聞いてませんか」

腰を落として、小僧の肩に手を置いた。

だが小僧は、千鶴の目の気迫に恐れをなして息を詰め、激しく首を横に振った。


「じゃ、お道ちゃん、大丈夫だね、けっして危ない真似はよしなよ、いいね」

岡っ引の猫八は、奥の玄関を窺いながらお道に念を押した。

二人がいるのは、馬喰町《ばくろちょう》二丁目の公事宿《くじやど》『森田屋《もりたや》』の玄関前である。

今朝お道は千鶴に言いつけられて、小伝馬町に調合した薬を届けた。

千鶴は女牢の牢医師も兼ねていて、鍵役の蜂谷吉之進《はちやきちのしん》や牢同心の有田万之助《ありたまんのすけ》から呼び出しを受けると女牢に走るのだが、お道が頼まれた薬は、つい最近入牢し

た女の血の道の薬だった。

万之助に薬を手渡したお道は、その帰路、小伝馬町を出たところで、顔を強ばらせて歩いていくおぶんを見た。

おぶんは、紫の風呂敷包みを抱えて前を見据えて歩いて行く。

とっさに何か様子がおかしいと思ったお道は、おぶんの後を尾けはじめた。

おぶんは、小伝馬町一丁目に出ると東に向かった。

二丁目から三丁目へ、そして神田堀の土橋にさしかかったところで、お道は猫八に呼び止められたのだ。

「しっ……」

お道は、猫八の声高な声を制すると、前を行くおぶんを目顔で指し、歩きながら尾けている理由を告げたのだった。

「八十助の妹だって……」

尾けているおぶんの身の上を知った猫八は驚いた。

猫八は、ようやく見つけた八十助をここまで追ってきたのだが、つい先ほど田舎者の江戸見物人たちの集団に道を阻《はば》まれ見失ったというのであった。

——おぶんを尾けていれば八十助にたどり着く。

猫八は、一度切れた糸の端を捕まえたと興奮気味で、お道と一緒に、この旅籠までおぶんを尾けて来たのであった。

おぶんが旅籠の中に入って行くのを見届けると、十手を見せて宿の主を呼び出した猫八は、お道をおぶんが入った部屋の隣に入れるよう話をつけ、自分は浦島や千鶴に連絡するために、ひとっ走りしてくると言ったのである。

お道は、おぶんと、おぶんが会うであろう八十助の見張り役となったのだった。

「任しといて、でも早くね」

お道は胸を叩いて猫八を見送ると、大きく息をしてから、旅籠の玄関に入った。

「どうぞ……」

上がり框《かまち》には主に言いつけられた女中が待ちかまえていて、お道を二階に案内した。

階下には長逗留《ながとうりゅう》しているらしい客の声がしているのだが、二階はシンと静まりかえっていた。

女中は廊下の中程で立ち止まるとお道の袖を引き、奥の部屋を目顔で指した。

そして手前の部屋の障子戸を開けると、お道に頷いた。

お道は足を忍ばせて中に入ると障子戸を閉め、隣の部屋を仕切っている襖《ふすま》の戸の側ににじり寄った。

襖に耳を当ててみるが、隣の部屋はことりともしなかった。

――まだ八十助は来ていない……。

お道は、息を殺して座り直した。

じっとりと首に汗のにじむのがわかる。

暑気のせいではなかった。天気は良く、陽も燦々《さんさん》と当たっているが、湿気がなくてさらりとした心地よい日である。汗は緊張したためににじみ出たものだった。

手巾を出して襟足や首もとを拭ったが、その耳に階段を上ってくる足音を聞いた。

足音は一人の者ではなかった。二人だった。

――八十助だ……でももう一人は……。

予期せぬ同伴者がいると知って、恐怖が身体を走り抜けた。

お道は大きく息をして、再び襖に身体を寄せた。

「おぶん……約束は忘れなかったようだな」

お道の耳に、あの男の声が聞こえて来た。

「お前が来てくれなかったら、どうしようかと思ったぜ、そろそろここも引き払わなくっちゃな、おっかさんが待ってら」

おぶんの義兄八十助は、卑屈な笑みをちらりと見せた。

だがすぐに後ろを振り返ると、突っ立って見ている背の低い男に、

「おめえは、馬場に行ってろ」

小銭を渡して宿の外に出した。

この宿の近くには初音《はつね》の馬場がある。そこには土手際に屋台が出ていて、馬場に来た者たちに酒や団子を売っている。

八十助は連れて来た男に、そこの屋台で酒でも飲んで、八十助の用事が終わるのを待っていろと言ったのだった。

「俺の弟分だ、商いをスケて貰ってる奴だ」

八十助はおぶんが聞きもしないのに、階下に下りていった男のことを紹介し、どしりと音を立てて座った。

「義兄さん……」

おぶんは、袱紗《ふくさ》に包んだものを八十助の膝元に滑らせた。

「俺が必要なのは三十両だと言ったろ」

八十助は乱暴に袱紗を開き、中身を確かめると不服を声にあらわした。おぶんを見る目が急に険しくなっている。

「これっぽっちで誤魔化される訳にゃあいかねえ」

八十助は乱暴に袱紗の中身をぶちまけた。

必死で都合をつけた十両が、乾いた音を立てて飛び散った。

その金は、夫の吉蔵が身を粉《こ》にして働いて貯めた金だった。

それを、目の前の義兄はまだ足りないと言い、その目には凶悪なものが見える。仮にも義兄と名乗る人のすることか——。

——おっかさんにお金がいるなんて嘘ばっかり、この人が金を奪っていく時は、いつも口から出まかせの口実だった……。

そのことを誰が知らなくても、おぶんが一番知っている。

母と一緒に暮らしている時も、女郎屋に奉公していた時も、義兄はその時々に、もっともらしい口実をつくって金を巻き上げて行ったのである。

——これ以上この人に脅されるのはまっぴらだ。いや、させてはならないのだ。

おぶんは、じっと義兄を見た。

「聞いて義兄さん、今日はこれで辛抱して下さい。そして一度国に帰って月が変わったらまた来て下さい」

「駄目だって言ったろ、金は今いるんだ」

八十助は、いらいらとあぐらを組んだ。

「義兄さん聞いて、私ね、決心したんです。吉蔵さんに内緒で何度でもお金運んできますから……約束します。今回の三十両でもうおしまいなんてこと、それじゃあ兄さんだって困るでしょ」

「そりゃあそうだが……おぶん、おめえ、ずいぶん殊勝なこと言うじゃねえか」

八十助はおぶんの言葉に呆気にとられたような顔で見た。

「だって、義兄さんには、おっかさんが世話になっているんですもの」

「おう、そうともよ」

八十助は急に得意顔をして見せると、さも大変そうに、

「おめえが国を出てからずっと俺が面倒見てるんだぜ。おめえのおっかさんは俺

のおっかさんだと思ってな」

「ありがと……」

おぶんは、袖で目頭を押さえると、

「あたしね、あれからいろいろ考えたんだけど、義理とはいえ兄妹なんだもの、義兄さんのこと、一番知ってるのは私だもの、その私がわかってあげなきゃ、そう思ったんです。だって義兄さんとは一緒に暮らしたことはなかったけど、父さんが亡くなった後で義兄さん帰って来て、お仏壇の前で泣いたことあったでしょ。あの時のこと思い出して、あの姿が義兄さんの本当の姿だって思ってるの」

おぶんは一気に言って八十助を見た。

義父が亡くなり、おぶんは母親と屋敷を出たが、しばらくしてふらりと八十助が顔を出したことがあった。

その時八十助は、悪態をつき、乱暴を重ねていた男とはおもえぬ消沈ぶりを見せた。

おぶんの母は哀れに思ってか、おはぎを作って八十助に食べさせたのだった。

亡くなった夫が、八十助は小さい頃からおはぎが好きで、亡くなった先妻がたびたび作って食べさせていたと話していたからだった。

八十助は、おぶんの母親の出したおはぎを、すぐには食べなかった。

だが、そのおはぎをじっと見詰めていた八十助は、耐えきれないようにおはぎを手にして、次の瞬間かぶりついたのだった。

もちろんおぶんもそれを見てかじりついた。

おはぎを途中まで食べた時、ふと顔を上げると、義兄の八十助と目が合って二人はふっと笑みを投げ合ったが、この時ばかりは嫌いだった義兄のことを、本当の兄のように思ったのである。

八十助にも、きっとそういう感情が、その時は生まれていた筈だとおぶんは思っている。

うち解けて暮らすことのなかった義兄妹が、唯一、兄妹らしい情愛に包まれた一瞬だった。

「つまらねえこと覚えてるんだな」

八十助も思い出したらしく、下を向いて苦笑いした。

「それでね義兄さん」

おぶんは、持って来た風呂敷包みを解いて二人の真ん中に置いた。

二段重ねの赤い漆《うるし》塗《ぬ》りの重箱だった。

「なんでえこれは……」

興味のありそうな目でちらりと見る。

おぶんは、蓋を開けて見せた。

「おはぎですよ」

「おはぎ……」

八十助は驚いて重箱のおはぎを見た。凶悪な厚い皮をした八十助の顔の下から懐かしげな表情が浮かび、次の瞬間、なんともいえぬ哀愁が八十助の顔を走り抜けた。

「義兄さんと食べようと思って作ってきたの」

「俺と……」

「ええ、あれ以来でしょ……美味しいかどうかわかりませんが、一緒に食べるのもいいかなって」

「おぶん……」

八十助は座り直すと、

「おぶん、すまねえ……」

凶暴な目に涙を潤ませている。

これにはおぶんの方が驚いた。

考えてみれば義兄の八十助は寂しい人生を歩んで来ている。それがために悪の道に走ったに違いないのだが、いまさらもう取り返しはつかないのである。

おぶんにしたって、ここで引き返すわけにはいかなかった。

おぶんは気持ちを引き締めると、持ってきた皿におはぎを取り分けて、八十助の前に置いた。

「さあ、食べましょ」

おぶんも小皿を取った。

――食べて頂戴、義兄さん……私も一緒に食べますから……。

ためらっている八十助を誘うように、おぶんが一口かみしめようとしたその時、

「止めろ！」

襖が開いて求馬が姿を現した。求馬の後ろから千鶴も現れて、おぶんに走り寄ると、おぶんの手からおはぎを取り上げた。

「誰でえ」

八十助は飛び跳ねるように立ち上がると、部屋の隅に走って置いてあった刀を

取り上げた。小太刀であった。

　父が奉公先の主から拝領したものだった。

「義兄さん、止めて！」

　おぶんが叫んだ。

「うるせえ、てめえ、俺を騙しやがったな」

　鞘《さや》を抜き払って刀をおぶんに向けた。

「八十助、おぶんが騙したのではないぞ、お前は岡っ引に尾けられていたのだ」

「嘘だ……」

「おぶんはな、吉蔵と離縁して、お前と一緒に死のうとしてここに来たんだ」

「何だって……」

　八十助は、重箱の中に目やった。まさかという顔で、今度はおぶんを見た。

　わっとおぶんが泣き崩れた。

「悪行は全て知れているんですよ、刀を捨てなさい」

　千鶴が立ち上がって言った。

「うるせえ！」

　いきなり千鶴に斬りつけたが、次の瞬間、八十助は部屋の隅に大きな音を立てて転がっていた。

求馬が横手から鞘のまま八十助の腹を突き、よろめいたところを腕を取って引き寄せると、足をかけて投げ飛ばしたのである。

「先生、千鶴先生……」

どたどたと廊下に現れたのは、亀之助と伝一郎、それに息を吐くのも苦しそうな猫八だった。


「先生、おぶんさんですよ」

早朝に牢屋敷に出向く準備をしていた千鶴は、お竹からおぶんの到来を告げられた。

「お道さん、そこの軟膏《なんこう》も入れて置いて下さい」

千鶴はお道に言いつけると、玄関に向かった。

八十助が捕まってから三日目になる。

南の奉行所では異例の早さで吟味が行われていると聞いている。むろん八十助が手下に使っていた六蔵《ろくぞう》という太った男も捕まって吟味を受けている。

浦島亀之助の報告では、二人はこの月うちには打ち首になるだろうということだった。

おぶんが宿に運んだおはぎには、千鶴が懸念した通り附子の毒薬が混ざっていた。

桂治療院の袋を見せて近江屋から附子を買ったのはおぶんだとわかった訳で、少なくともどこの誰とも分からない者が毒薬を悪用するかもしれないという危惧からは免れたのだ。

「先生、いろいろと申しわけございませんでした」

千鶴が玄関に出て行くと、おぶんはそこに座って深々と頭を下げた。

八十助が引っ立てられていったあとで、おぶんは千鶴に泣きながら詫びた。

あの時に比べればおぶんの顔には明るい色が差している。

側につきそう吉蔵も揃って座り頭を下げている。

二人は旅姿だった。

「お国に帰るのですか」

「はい。まずは井筒屋の旦那様にお詫びを申し上げねばなりません。それと、おぶんのおっかさんを連れてこようかと思っています」

吉蔵が晴れやかな顔で言った。

「よかったですね、おぶんさん」

千鶴はおぶんの手をとるようにして言った。

寄り添って帰って行く二人を見送った千鶴は、家に入ろうとしたとき、

「求馬様……」

藍染橋を求馬が渡って来る。

「よう……」

というように求馬は千鶴を見て手を上げた。

——求馬様ったら……。

千鶴は、朝の光の中を、白い歯をみせて渡って来る求馬を眩しいような思いで見迎えた。

第二話　恋しぐれ

一

納涼の頃ともなると隅田川は船が行き来して賑々《にぎにぎ》しい。

屋形船こそ近年は少なくなったが、屋根船や猪牙舟《ちょきぶね》は今や大川に溢れている。

天気の良い今日のような晩には、遊覧の船に加えて物売りの舟も出るから一層混雑するのである。

舳先《へさき》に火を点していなかったらすぐに衝突してしまうのではないかと思うほど、川に船がひしめきあっているのである。

一説には、御府内の猪牙舟は七百艘、屋根船は五、六百艘というから、この季節に川が混むのも頷けるというものだ。

千鶴は、そんな隅田川の夜景を楽しみながら、大川橋を渡っていた。向嶋《むこうじま》からの帰りだった。

提灯《ちょうちん》を手にはしているが、月の光もある。

頂いた酒でほてった身体に川風が心地よく、夏の宵の一刻をいとおしむ気分だった。

橋の中程に来たときだった。

「千鶴殿……」

千鶴は後ろから声をかけられた。求馬の声だった。

振り返ると、求馬は武家二人と連れだって歩いてくる。

三人とも着流しだった。打ち解けた雰囲気から三人は親しい間柄だと見受けられた。

どうやら三人は、どこかで酒をたしなんできたらしい。

にこにこして近づいて来るのだが、求馬の連れの二人の眼には、千鶴を品定めするような、少し無遠慮なものが見える。

見迎えた千鶴の側まで来て立ち止まり、慣れなれしい顔で千鶴に軽い会釈をすると、

「菊池、お前も隅に置けないな」

鷲鼻の武家が、求馬の肩をつっついた。

「何言ってるんだ。この人は桂千鶴殿、桂治療院の先生だ」

「だから……ぴんと来たぞ。お前がたびたび話してくれてるその人じゃないか。まさか、こんな美人とはな、許せんな。おい、ちゃんと紹介してくれ」

鷲鼻の男は、千鶴をじっと見詰めた。

千鶴は今夜は小袖姿、帯をきりりと締めて立つ姿には、凛《りん》とした美しさがあった。

求馬はそんな千鶴を眩《まぶ》しい目で見詰めていたが、鷲鼻の武家に催促されて慌てて言った。

「千鶴殿、俺の友人だ、こっちが柿沢《かきさわ》、こっちが岡部《おかべ》だ」

すると、

「おいおい、なんという紹介の仕方だ……」

柿沢と紹介された鷲鼻の男は恨めしそうにそう言うと、

「桂千鶴殿、俺は柿沢忠兵衛《ちゅうべえ》と申す、求馬同様お見知りおきを」

両足を開いて、にやりとして頭を下げた。口辺には笑いをためているが、その目はぴたりと千鶴を捕らえている。

千鶴は微笑《ほほえ》み返した。

すると、もう一人の、背の低い武家が慌てて改まった顔で言った。

「私は岡部友之進《とものしん》と申す。菊池とは十年来の友人です」

「楽しんでいらしたようですね」

千鶴は、求馬の顔を見て笑みを零《こぼ》した。

「そういう千鶴殿も往診ではなさそうだが……」

求馬が聞いた。

「ええ……」

千鶴は、酒でほてった身体を求馬に見咎められたようで気恥ずかしく、笑顔でごまかした。

日本橋にある仏具問屋『山城屋《やましろや》』の主《あるじ》惣兵衛《そうべえ》に、

「桂治療院に長年お世話になっております母が喜寿を迎えました。お祝いをしたく存じます。母も是非先生にお出で頂きたいと申しておりますので、どうぞ年寄りのわがままを聞いてやって下さいませんでしょうか」

と往診に行った折に言われ、千鶴は今夜向嶋の山城屋の寮に出向いたのであった。

　惣兵衛の母はおすがという人だが、年中あっちがおかしい、ここが痛いなどと言い、父の東湖の時代から通院してきていたし、また往診もしてきた患者で、千鶴にしてみれば申し入れを断ることは出来なかったのである。

　祝いの膳は、親戚縁者とおすがの親しい友人たちに限られていて、和やかな雰囲気に包まれていたが、千鶴はおすがから、孫の清太郎《せいたろう》の嫁になっていただけたらなどと言われて大いに困惑して退出してきたところだった。

　清太郎は惣兵衛の一人息子で、いずれは山城屋を継ぐ人物だ。美男は美男だが色の白いなまっちょろい感じの男で、千鶴とはとうてい相容れない風貌をしていたのだ。

　千鶴は、求馬から行き先を暗に尋ねられて、それをまた思い出したのだった。

「それではわたくしはこれで……」

　千鶴は、橋の西袂《にしたもと》で三人に頭を下げたが、ふと三人が背にしている立て札の向こうに見える船着き場に黒い影を見た。

「求馬様」

　千鶴は、橋の北側の欄干《らんかん》に走り寄った。

その視線の先にある船着き場に、たったいま屋根船がゆっくりと近づいて留まり、それを待ち受けていたように船着き場の物陰に覆面をした者が一人、腰をかがめて身を潜めているのが見えた。

「どうした千鶴殿……」

千鶴の後ろから覗いた求馬が前方に眼を凝らしたその時、

「きゃー」

女の声が闇にひびいた。

「いかん」

求馬は口走ると船着き場に向かって走った。


「何者だ！」

その時船着き場では船から下りた恰幅《かっぷく》のいい武家が、女を背にまわし、月の光に躍り出た覆面の男を見据えて言った。

武家は薄物の羽織を着ていて、遠目にもかなりの身分の武家と見える。

そして女は芸者のようだったが、武家の指図で慌てて船に戻っていった。

「貝塚《かいづか》伊勢守《いせのかみ》だな」

それを横目に覆面の男は言い放ち、同時に刀をひき抜いた。

「お前こそ何者だ」

貝塚が言葉を返すより早く、覆面の男は貝塚に斬りかかっていた。

一閃二閃、二人は無言で撃ち合ったが、

「あっ……」

貝塚が何かに蹴躓《けつまず》いて転んだ。拍子に刀が薄闇に飛んだ。

「止《や》めろ、斬るな……助けてくれ、止《よ》せ……」

貝塚はおよび腰で後ろに後ずさりながら、片手を上げて覆面の男に叫んだ。

だが覆面の男は、無言で貝塚に斬りつけた。

「ひぇ……」

貝塚は額を掌で押さえたが、その掌が血で染まるのに気づき、

「おい、何でもやるぞ、金か、金なら欲しいだけやる、斬るな……」

なり振り構わず懇願した。だが、

「欲しいものは……お前の命」

覆面の男は低い声で言い、上段から斬りつけた。

その刹那《せつな》、

「待て……」

二人の間に走り込んだ求馬の剣が、撃ち下ろした覆面の男の刃を跳ね上げていた。

「おのれ……」

覆面の男は、一間ほど飛び退くと、構え直して求馬を睨《にら》んだ。

だがその腕から血が流れている。

男も先ほどの斬り合いで傷ついていたらしい。

したたり落ちてくる血を、男はその目で確かめた。

「くっ……」

腕に痛みが走ったか、覆面の男は剣を持つ手で傷口を押さえると、いまいましそうな目を貝塚に残して闇に走り去った。

「求馬様……」

そこへ千鶴と、求馬の二人の友が駆けつけて来た。

千鶴はすぐに、地面にうずくまっている貝塚という武家のそばに駆け寄ったが、

「殿」

一方から羽織袴の二人の武士が走って来た。貝塚の家の若党かと思われる。

二人は、千鶴の手をはらうようにして貝塚に手を添え立ち上がると、

「お助け頂きかたじけない。ただ、このこと、ご内聞に願いたい」

苦しげな声で言った。なにやら訳ありの様子である。

「何か恨みをかっておられるようだな」

求馬は刀を納めながら貝塚の顔を見た。

だが貝塚は、

「知らぬ、知らぬ……磯部《いそべ》」

険しい顔で、その若党に頷いた。

そして懐の財布を取り出して、磯部と呼んだ男に手渡した。

すると磯部と呼ばれた若党は、主の財布から三両取り出して、懐紙に包み、

「些少《さしょう》でござるが」

求馬に渡そうとしたから、求馬がむっとした。

「名も名乗らず、襲われた訳も言わず、金で口封じというわけか」

もう一人の若党と去っていく貝塚の背に視線を投げると、

「行こう」

千鶴や二人の友を促して若党に背を向けた。

「何、求馬、今なんと申したのじゃ、その、襲われた武家の名じゃ」

酔楽は薬草の束を縁側の隅に片づけると、千鶴と求馬が座している部屋に上がって来て言った。

外は炎天下である。酔楽は菅笠《すげがさ》を被って作業をしていたが、首からしたたる汗は、拭いても後からまた吹き出て来ている。

顔は熱気で真っ赤になっていた。

「貝塚伊勢守とか申しておりましたが」

「貝塚伊勢だと…ふむ、勝孝《かつたか》に違いないな……」

酔楽は鋭い目を宙に向けた。

「ご存知ですか」

「ふむ。会ったことはないが、ついこの間まで長崎奉行だった男よ」

「おじ様……」

千鶴は、驚いた顔で酔楽を見て言った。

「すると、あの井端進作《いばたしんさく》様が長崎で仕えた御奉行様ですか」

「そういうことだ、いや、実はな……」

酔楽が首の汗を手ぬぐいで拭いながら千鶴に顔を向けた時、

「親分、遅くなりやして……冷てえ麦湯を用意してめえりましたが、こっちの方がよかったですか」

五郎政は盆に麦湯を載せて運んできて、くいっと酒を飲む真似をしてみせた。

「まあ、ギヤマンではありませんか……」

千鶴は、麦湯を入れた透明の器を取り上げて見た。涼しげで一層美味《おい》しそうに見える。

「下妻《しもづま》から貰ったものだ」

酔楽は一気に飲んで、

「五郎政、俺は一杯じゃ駄目だ、もう一杯持って来てくれ」

器を盆に戻すと、

「千鶴、俺はお前に話そうかどうしようかと考えていたところだったのだが、あれ以来、井端の家の者がどうしているのか知っているか」

重苦しい顔を向けた。

「一度、妙《たえ》様を訪ねました。あの事件の後です。その時には、シーボルト先生を京までお見送りした進一郎《しんいちろう》様もお帰りになっていまして、家禄が元に戻るのを待つだけだとおっしゃっておられましたが……」

千鶴はあわただしく、一年前にシーボルトがカピタンの供をして江戸に参府して来た時の騒動を思い起こした。

「井端の家の者」とは、故井端進作の家族の人たちのことである。

千鶴は父が健在の折、長崎に留学し、日本にやって来たばかりのシーボルトに会おうとしたが、オランダの館は出島にあり、警護が厳しく、なかなか会うことが出来なかった。

そんな時に、千鶴の意を汲み、いろいろと便宜を図ってくれ、シーボルトの教えを乞うことが出来たのは、長崎奉行について赴任していた井端進作のお陰だった。

やがて鳴滝《なるたき》の二町歩ほどの土地に、母屋が二棟、別棟が三棟の寝泊まりして医学を学べるシーボルトの塾が出来、千鶴も志願し入塾を許された。

だが、直後に父の東湖の死を知らされ、千鶴は江戸に戻っている。

鳴滝での本腰を入れた指導こそ受けられなかったものの、それまでに個別にシーボルトから受けた知識は、今の千鶴の医業を支えている。

すべてこれ井端進作が長崎にいてくれたお陰だが、その井端が、千鶴が江戸に戻ってしばらくしてから自害したことを知らされた。

その詳細はシーボルトたちの江戸参府に同行してきた川原良順《かわはらりょうじゅん》によって知らされたが、それによると、進作自害の原因は、進作がシーボルトから貰った手燭だったという。

進作は帰参を前にして、シーボルトから貰った手燭を盗まれたのだ。

手燭はシーボルト自ら名を記してくれた貴重な品だったのだ。

ところがその手燭が隠れ切支丹《キリシタン》の家から発見され、しかも手燭の台に十字が彫ってあるなどと言いがかりをつけられて、シーボルトはいわれのない嫌疑をかけられることとなった。

シーボルトが禁じられているヤソ教の布教をしているのではないかと疑われたのだ。

進作は、その品は自分がシーボルトから貰った物で盗まれたのだ、シーボルトが切支丹に渡した物ではないと訴えたが、なかなか調べ役から信用してもらえない。

井端は思い悩んだ末、真実の証《あかし》として自害の道を選んだのだった。

長崎奉行はこのままでは世間によけいな疑惑を呼ぶとして、詳細を伏し、井端は職務上の不手際の責めを負って自害したと決裁した。

その後に井端の宿舎から手燭を盗んだ泥棒が捕まってシーボルトの嫌疑は晴れたが、井端の家の禄は削られたまま、回復されることもなく放置されていたのである。

家族は井端の兄の家に身をよせていた。扶持米《ふちまい》だけは支給されていたが、千鶴が訪ねた時には病と貧しさに喘《あえ》いでいた。

とりわけ長子の進一郎はシーボルトを恨み、参府してきた折には敵《かたき》を討とうと待ち受けていたのである。

千鶴は、川原良順から聞いたシーボルトと井端との深いつながりを進一郎に話してやった。

井端の遺族は、参府してきたシーボルトと対面し、それまで抱えていたわだかまりや憎しみを払拭《ふっしょく》させ、大罪を犯そうとしていた進一郎を救ったのだった。

「その家禄だがの、まだ扶持米のみの支給らしいぞ」

「まことでございますか」

千鶴の脳裏には、家禄がまもなく戻されるのを待つ家族の晴れ晴れしい顔が浮かんでくる。

「何故でございますか」

「わからん……しかし下妻の話によれば、お前たちが昨夜助けた貝塚が、どうやら井端家の禄をもとに戻すことを阻んでいるらしいのだ」

下妻というのは、酔楽の親友でかつての大目付、下妻直久《なおひさ》のことである。

「……」

千鶴は驚いて、求馬と見合った。

求馬も表情を硬くしている。

千鶴の意を汲んで、シーボルト一行が御府内に入るのを遠くから警護し、また進一郎の暴挙を未然に防ぐために求馬も尽力してきている。

「教えて下さい、先生。どういうことですか、それは……」

求馬は言った。

遠くで雷の音がしている。

「ふむ、実はな……」

酔楽は、俄《にわか》に翳《かげ》り始めた庭に目を遣った。先ほどまで眩しいほどの光を跳ね返していた庭に、大鳥が羽を広げたような陰が動いている。

酔楽は庭から視線を戻して言った。

「わしは井端家家禄回復の道を下妻に頼んでいたのだが……」

家禄召し上げの処断は、シーボルトという大物への嫌疑が介在した事件とあって、昨年の夏に評定所で詮議が行われた。

その詮議には大目付として、下妻の息のかかった加納由友《かのうよしとも》が出席していた。

その加納由友の報告によれば、そもそもシーボルトの嫌疑が晴れれば、井端家の家禄はもとに戻されるべきだと大勢は決まっていたというのだが、長崎奉行貝塚勝孝が差し出して来た報告には、井端家の家禄への配慮は無用と書かれていたというのである。

井端進作は貝塚奉行に願い出て奉行配下の者として長崎に下って行った者である。

貝塚もその意気を見込んで井端に目をかけていた筈なのに、貝塚は思いがけない書状を評定所に届けて来たのであった。

その書状には、残念ながら井端の自害は、シーボルトの無実を訴えるためのものではなく、自身の長崎での行状に疑惑が持たれたため、己が罪の発覚を恐れるあまりの窮余の一策だったと書かれていたのだ。

とはいえ、その疑惑については一筆の説明もなかったために、詰めの詮議は貝塚が江戸に戻って詳しく話を聞いたのちに再開しようということになっていた。ところがそうこうする内に、貝塚はつい最近、江戸に召還されてしまったのだ。

貝塚自身への疑惑悪評があったためである。

いずれそう遠くない日に貝塚への詮議が行われる筈だが、井端の件は、その時まで決着出来ぬこととなったのである。

「つまり、貝塚の一言で井端家の再興は頓挫《とんざ》しかかっていると聞いている。なにしろ貝塚の疑惑を調べることが先決だからな」

酔楽は苦い顔をした。

「するとおじ様、ご家族はどうしているのでしょう。進一郎様が心配です」

また進一郎が自棄《やけ》を起こして悪い仲間とつるんでいるのではないかと、ふと思った。

庭に激しい雨が降ってきた。

雨だけでなく雷も近くで鳴っている。

千鶴は、暗い気持ちになっていた。

二

翌日千鶴は、下谷《したや》の井端作之丞《さくのじょう》の屋敷を訪ねた。作之丞は亡くなった進作の兄で御書院御番組に勤めていて、進作亡き後、進作の家族を自分の屋敷に引き取っていた。

とはいえ作之丞は、以前千鶴が訪問した時には、進作の遺族を納戸の部屋に住まわせていたのである。

本来なら進作は、井端家の部屋住みで一生を終えるか養子に行くか、いずれかの道を選択する身分だった。

それが、蘭学に秀でているところを認められて百俵を賜《たまわ》り別家を建てて妻子も持ち、長崎奉行に見込まれて遠国《おんごく》に下った訳だ。

恐らく当時は、兄の作之丞も密かに喜んでいたに違いない。何といっても血の繋がった兄弟なのだ。

それが一転、長崎で問題を起こして自害し、禄も取り上げられると厄介者扱いとなったのだ。

善意に考えれば、御書院御番衆は旗本とはいえ二百俵高だ。台所の苦しさを思えば、遺族を引き取っただけでも良しとしなければなるまい。

問題は、シーボルトへの嫌疑はとっくに晴れ、進作の罪は問われないと思っていたのに、貝塚が何をもって進作一家を窮地に陥れたまま放置しようとしているのか――。

進作の妻妙や息子の進一郎、進介《しんすけ》の暮らしや心中《しんちゅう》を思うと、千鶴は下谷に向から足も重かった。

果たして、千鶴が井端家を訪ねると、作之丞の妻は千鶴を門の近くにある長屋に案内した。

一見して中間が住んでいた長屋とわかったが、

「わたくしは反対したのですが、妙さんがこちらがいいなどとおっしゃって」

作之丞の妻は決まり悪そうにそう言うと、どうぞごゆっくり、妙さんも喜ぶでしょう、何かお菓子を運ばせますなどと言い、母屋《おもや》に引き返して言った。

「その節はありがとうございました。先生には家禄が戻って晴れて昔の暮らしがかないました折に、お知らせしようかと思っておりましたが……」

妙は、広げてある布や針箱をちらと見て寂しげに笑った。

出来上がった袋が、いくつか重ねて置いてあるところを見ると、内職に袋作りをしているようだ。

部屋は畳も壁も傷んでいたが、井端家の納戸で暮らしていた時よりも明るい顔をしていると思った。

「もう少し、早くお訪ねするべきでした。その後お体は大事ございませんか」

千鶴は茶を喫すると、労《いたわ》るような目で尋ねた。

妙は静かに頷くと、

「わたくしが今はしっかりしないといけないと思いましてね。お陰様で進介は天文方に勤めることがかないましたが、進一郎がまだ……」

「進一郎様に何か……」

千鶴の胸に不安が広がった。

「はい、あの子はここにはいないのです」

「妙様……」

「あの子は、今、芝三田の高山寺にいるのですが、また昔のようにヤケを起こさないかと案じているところです」

「妙様、わたくしが今日こちらにお訪ねしたのは、まだ家禄が戻されていないと聞きまして、それで参りました。進一郎様が高山寺に参られたのは、何かそういうことと関係があるのですか」

「ええ、兄上様が加納様から進言を頂きまして、しばらく神妙にしていた方が詮議して下さる方たちの心証がよくなるのではないかと……」

妙の話によれば、長崎での進作の自害について詮議が始まった丁度その頃、旗本の次男で深江定次郎《ふかえさだじろう》、中村与五郎《なかむらよごろう》、酒井三郎《さかいさぶろう》、近藤虎之助《こんどうとらのすけ》など、進一郎をそそのかし悪行に引きずり込もうとしていた者たちが賭場荒らし並びに刃傷沙汰《にんじょうざた》を起こして北町奉行所に捕まった。

この時、米沢町の武具屋で鉄砲一丁を求めたのが定次郎だとわかり、厳しい詮議を受けたらしいが、その時、定次郎は一党に加わっていた者として進一郎の名を出したというのであった。

しかも、井端家に母が通いの女中として働いていた縁で進一郎を慕っていたお加代《かよ》という娘が、進一郎に罪を犯させないために、我が身にその鉄砲を抱いて入水している。お加代は命と引きかえに進一郎が悪事に走るのを未然に止めたのであった。

ただ、事件は何も起こらなかったとはいえ、一党の者として名前を出された進一郎は、容易に黙過出来ないとして、厳しい調べの末に〝謹慎〟という処分を受けたというのである。

だが、それもこれも、父進作の自害があくまでも誠実な犠牲的行為であり、幕府のとった家禄召し上げの処断が過酷に過ぎたものだということがはっきりすれば、情状は酌量され進一郎への処分も解け、家禄はもどるだろうと、これは加納が知らせてくれたのだった。

「三田の高山寺ですね」

千鶴が念を押して外に出ると、

「先生、千鶴先生ではありませんか」

風呂敷包みを抱えた進一郎の弟進介が駆け寄って来た。

「進介さん……」

千鶴は、背も高くなり、顔も引き締まった進介を見てびっくりした。

一年前には少し太り気味で弱々しい感じを受けた進介が、ずいぶんと逞しくなったように見える。

「進介さんは、天文方にお勤めが決まったようですね」

「はい、父上が健在なら、どれほど喜んでくれたかと思うと……」

進介は声を詰まらせた。

「あと少しですよ、進介様。ただいまお母上様ともお話ししたのですが、今少し辛抱して、いいですね」

千鶴は思わず、弟に言い聞かせる姉の口調になっていた。

「キエー」

「トゥー」

天をつくような激しい声は、寺の裏手の小山になっている茂みから聞こえてきた。声と一緒に木の幹を打つ音がする。

茂る雑木を相手に、剣術の修行をしているのである。

高山寺は高台に立っていて、小山はそれよりも高いから、その声や音を遮《さえぎ》るものがない。

まるでこちらに襲いかかるような迫力だった。

境内《けいだい》から海を眺めていた千鶴には、その声の主が確かめるまでもなくわかっていた。

進一郎に違いないと千鶴は先ほどから聞いていた。

「和尚様がお会いします」

後ろに足音が近づいて来たと思ったら、小僧が走って来て千鶴に告げた。

座敷に通されて茶を喫していると、初老の和尚が、

「どうぞお楽に……」

にこにこして入って来た。

「いったい何用でございますな」

和尚はゆったりと座ると言った。

「はい、進一郎様にお会いしたくて参りましたが、あの声はもしや……」

耳を澄ますようにすると、

「さよう、お経を読んだ後は裏山に入って、ああして中食《ちゆうじき》まで過ごされる。中食が終わると書物を読んでいるようじゃな、さて……」

和尚は話を切って千鶴の顔を探る目をした。

「申し遅れましたが、わたくしは進一郎様のお父上様にお世話になりました者で桂千鶴と申します」

千鶴は慌てて和尚に言った。

「聞いていますぞ、先生のお陰で今があるのだと申してな、心配なさらずとも神

妙に暮らしておる」

「会うことは出来ないのでしょうか」

「何か進展がございましたか」

「いえ」

「ならばこのままお引き取りいただいたほうが……誰にも会わぬと申されてな、小僧たちにも、誰が来ても取り次ぎは無用だと……」

「……」

「意思の固い男じゃ。こうと決めたら動かぬよ」

「そうですか、お元気ならばそれでよいのですが……」

「ようやく元気になったのだ」

和尚は、苦笑した。

「和尚様……」

「ここに来た時には心を病んでいた。三ヶ月ほどは座敷に籠もったきりだった」

「三ヶ月も……」

千鶴は驚いた。あの激しい性格の進一郎がと思うと信じられなかった。

進一郎は、井端進作の実子ではない。事情があって、友人の子を進作が引き取り、自分の子として育てたのだ。

だからだろうか、進作も進作の実子の進介も、どちらかというと怒りをうちに秘める方だが、進一郎は怒りをそのまま外に現す方である。

「それは、井端作之丞様のご指示でしょうか」

千鶴は意外な気がした。

「いや、本人の意思じゃな。自分で籠もると言いだした」

「まあ……」

「それで、仏書をひもとき、念仏を唱える日々を送っていたようじゃ。ただ、その念仏じゃが、初めは荒々しゅうて、怒りをぶつけるような感じじゃったが、しまいには穏やかな声に変わっておった。お籠もりを止めた時には月代《さかやき》は伸び髭《ひげ》も伸びほうだいじゃった。目の色にも深みが加わったようじゃった」

「……」

「そうそう、こんなことも言っておったな。自分のために入水して亡くなった女がいる。その女の気持ちに報いるためにお籠もりしたのじゃとな……」

千鶴は驚いて和尚を見た。

進一郎の心の葛藤《かっとう》が胸に迫った。

和尚は、ため息まじりに言った。

「これで良いご沙汰《さた》が出ればと、本人もわしも待っておったのじゃが……」

和尚の顔に、それまでにはない不安の色が一瞬だが動くのが見えた。そして呟いた。

「このままだと、一度消えた憤りがまた再燃するかもしれぬ……その炎を鎮めるために裏の山に入っているのだと見ているのだが……」

「和尚様、どうか進一郎様にお伝え下さいませ。あと少し堪忍と辛抱をお続け下さいと……」

本日はこれで帰りますと挨拶した千鶴が、再び海の見える境内に立った時、小山から、

「うわー！」

何かを突き破るような叫び声が聞こえてきた。剣を振り下ろした声には違いないが、気合いの声ではなく心の叫びだった。

千鶴は小山を振り仰いだ。

小山に登ってみようかと思ったが、叫びが聞こえたのはそれっきりで、後は嘘のような静けさに包まれている。

「進一郎様……」

千鶴は後ろ髪を引かれるような思いで寺をあとにした。

三

「先生、どういたしましょうか」

往診してきた家の薬の調合を終え、それぞれの袋に患者の名を書いたところへ、お竹が顔を出した。

お竹が千鶴に尋ねているのは、食事が出来たが、すぐに膳に並べてよいかどうかを聞いているのである。

桂治療院は、女三人の暮らしである。

余程の事情がないかぎり、揃って膳を囲んでいる。

ところが今日は、千鶴の代診として神田の相生町《あいおいちょう》にある味噌醤油屋《みそしょうゆや》に往診したお道が、まだ帰って来ていなかった。

お道の往診は主が骨折した足の治療に、千鶴に代って出向いたのである。

包帯を取り替えて経過を診るだけだから、さして時間のかかるものではない。

「遅いですね……他に何か用事があるとか言ってましたか」

千鶴は袋をお竹に渡しながら言った。

「いいえ、先生、まさかお家に帰ったというのではないでしょうね」

お家というのは、日本橋にある伊勢屋という呉服問屋のことである。

お道は大店伊勢屋の次女だった。

それが、若気の気まぐれとでもいうのか、不意に医者になりたいなどと言い出して、千鶴のところに押しかけてきて住み込みで修業をしている変わり者である。

同心の浦島亀之助などには歯に衣着せぬ応対でやりこめるが、それはお愛嬌、お嬢様育ちにしては根がしっかりしていて、近頃では千鶴の片腕となって治療院を支えてくれている。

「もう少し待ちましょう。そのうちに帰ってくるでしょう。お竹さん、お茶を頂けますか、あっ、私の部屋にね、少し調べたいことがありますから」

千鶴は立ち上がって上着を脱いだ。

だがお竹は台所に行こうとして引き返して言った。

「先生、お道さん、近頃様子がおかしいと思われたことはございませんか」

「お道さんが……」

「ええ、外の御用に出て遅くなるのは今日だけじゃございませんよ」

「そうだったかしら」

「そうですよ、昨日も相模屋さんに紙を注文しに行ったのですが、やっぱり遅く帰ってきて……それに先生、じっと何か考え事してるんですよ」

お竹は首を捻った。

そう言われてみれば、千鶴にも心当たりはあった。

夕べのことである。

千鶴が亡き父が残してくれた処方箋《しょほうせん》を見ていると、お道が側に来て、

「先生、先生はずっとお一人でいくおつもりですか」

と今まで聞いてきたこともない質問をする。

「何ですか急に……」

千鶴が笑ってやり過ごすと、

「先生は一度も縁組みのことを考えたことないのかしらと思ったものですから」

「縁組み……」

「はい、たとえば求馬様と」

「お道ちゃん」

千鶴は遮るように言った。だがお道は真剣な顔を向けている。

今まで見たこともないお道の表情だったのだ。

「ひょっとしてお道ちゃん、好きな人でも出来たのかしら」

冗談ぽく千鶴が尋ねると、

「まさか、嫌な先生」

お道は顔を真っ赤にして部屋を出て行ったのである。

「何かもし理由があるのなら、そのうち話してくれる筈です。それまで知らんぷりしていましょ」

「でも先生、これは私だけの心配かもしれないのですが、変な人に見初められて、いいように利用されるってことだってあるでしょう。なにしろお道ちゃんのご実家は押しも押されぬ大店です。お道ちゃんはあれで初《うぶ》な人ですからね」

「大丈夫よ、お道ちゃんに限ってそんなことは」

「ええ、そうですが、一度先生何気なく聞いてみてはどうでしょうか。何もなければそれでいいことですから」

「わかりました、そうしましょう」

お竹はそれでほっとした顔で下がったが、またすぐに引き返してきた。

「先生、お道ちゃんが帰ってきました」

お竹の後ろから、消沈したお道が入って来た。

「先生、お願いがあります。これから往診をお願い出来ませんか」

真剣な眼差しで聞いてきた。

「往診……どこにです」

「私が案内いたします。患者は傷が化膿《かのう》して熱を出しておりまして、一刻も早く外科の治療が必要かと」

「傷はどんな傷……」

「刀傷です」

「刀傷……」

驚いてお道の顔を覗くと、お道は不安そうな顔を上げて、

「患者さんの治療代は私がお支払いしますので」

意外なことを言う。

「お道ちゃん……何か訳ありの人ですか」

「すみません、私もどんな事情の方か知らないのです」

「お道ちゃん……」

「ほんとなんです……私が知っているのは、その人にはお金がないということだけです。でも私……なんとかしてあげたいんです先生……」

　お道の顔には必死の思いが表れていた。

「お道ちゃんは、今までそこにいたのですね」

「すみません。その話はあとで致します」

「わかりました、案内してください」

　千鶴は急いで奥に引き返した。

　お道が案内したのは新旅籠町《しんはたごちょう》の新堀川に面した古い宿だった。

　井端家の次男進介が勤める天文屋敷が橋の向こうの樹木の中にあり、浅草御蔵もすぐそこにある所である。

「お道さん……」

　千鶴とお道が宿の玄関に入ると、奥の帳場から番頭が走り出てきた。

「相変わらず熱は高いようですので、お道さんが戻られなかったら、どうしようかと思っていました」

番頭はお道にそう言うと、千鶴に一礼した。

患者は二階の奥の部屋に寝かされていた。

障子は開け放たれて風の通り道はつくっているのだが、なにしろ暑い季節である。まだ昼間の熱気が籠もっていた。

千鶴は荒い息をしている患者の側に座って、その顔を見た。

——おやっ……。

どこかで見たことのあるようなと、熱を見て脈を取りながら考えていたが、はっとした。

——三日前に大川橋で、貝塚という武家を襲った、あの覆面の男じゃないか……。

と思ったのだ。

あの時、男の眼が一瞬千鶴と交叉したが、熱っぽく光ったあの男の眼の印象がこの男にはある。

傷の場所も左手の二の腕で、そこに巻いた包帯が赤く染まり、かすかに血の臭いが千鶴の鼻にも届いた。

包帯をとると、腕を斜めに走った刀傷が口を開け、周りは真っ赤に腫れ上がっていた。

「お道ちゃん、少し膿んでるようですから切開します。暴れると危ないですから宿の若い衆を呼んできて下さい」

千鶴は手術道具を広げながらお道に言った。

傷を縫合して患者が落ち着くのを見届けたのは、四つ（午後十時）近くになっていた。

「先生、ありがとうございました」

お道は手をついた。

ほっとしたことで押し込めていた感情がわき上がってきたのか、千鶴を見る眼が潤んでいる。

「お道ちゃん、この人の名は……何故お道ちゃんと知り合いなのかを教えて下さい」

千鶴は安らかな寝息をたてている武士の顔を見て言った。

「名は平岡永四郎《ひらおかえいしろう》様ともうされます」

お道はかしこまって言った。

「平岡永四郎様……何者ですか」

「それはまだ……私がこの方に会ったのは三日前の夜ですから……」

「三日前の夜に？」

「先生が向嶋にお出かけになった夜のことです。諏訪町《すわちょう》の西国屋《さいごくや》さんのご隠居さんがお薬が切れたとかで使いの人が参りまして、今夜どうしても欲しいと、町《まち》駕籠《かご》まで回して来て……それで私、先生の処方を見てお薬を調合して持って行きました。その帰りに……」

お道は町駕籠の中から薄闇の中をよろよろと歩いてくる武士を見た。場所は見渡したところ黒船町《くろふねちょう》辺りかと思われたが、前後を見回しても辺りに人影はなく、お道は武士に声をかけようかどうしようかと考えていた。ところがその僅かの間に、武士が膝をついて蹲《うずくま》ったのが見えた。

「止めて下さい」

お道は駕籠を止めて、武士に駆け寄った。

「怪我をなさっているのですね」

お道はしゃがんで確かめると、腰に巻いているしごきの紐を裂き、

「失礼します」

武士の袖をめくり上げると、その紐で上膊《じょうはく》（肘の上）を縛り止血した。

腕をしばる時、お道は武士の熱い息と視線を感じていたが、気づかぬふりをして身体を離すと、

「応急の処置です。このまま放っておいてはいけません。幸い私の先生は外科の先生ですからお連れします。あの駕籠にお乗り下さい」

武士の顔を見て言った。

だが武士は、

「かたじけない、恩にきます。しかし医者は無用です」

よろりと立ち上がって、また歩き始めたのである。

「待って下さい。どちらまでいらっしゃるのか存じませんが、どうぞ駕籠をお使い下さい」

お道は、駕籠屋を呼ぶと無理矢理駕籠の中に押し込んだ。

「私も医者の卵です。このまま放って帰ることは出来ません。駕籠屋さん、行き先をお聞きしてお願いします」

有無をいわさず駕籠の側についた。

武士は諦めたのか駕籠屋に新旅籠町まで頼むと言った。

駕籠屋の提灯の明かりが揺れるたびに、駕籠の中で苦悶する男の顔を照らして

いた。

お道は、その顔に視線を走らせながら、男が言った宿に従い、びっくりして出迎えた番頭に、焼酎と包帯になる布を用意させ、日頃千鶴が行っているように処置をした後、治療院に引き上げてきたのだった。

だがその処置は、あくまで応急処置だった。

心配になったお道は翌日も宿を訪ねた。

その時武士は、名を平岡永四郎と名乗ったのである。

だが何処《どこ》で、何故、怪我を負ったのか、自分はどこから来た者なのか言わなかったのである。しかも、

「私のことは誰にも言わないでいただきたい」

お道に手をついた。どこの国の言葉かはお道にはわからなかったが、江戸の者でないことだけはわかった。

宿の灯りで見ると、永四郎の顔は江戸に暮らす武士のようには見えなかった。肌は健康そうな色をしていた。眉は濃く、目は涼しく、口元は引き締まっていた。

とっさに何か事情があるのだろうと察したお道は、

「わかりました、誰にも申しません。私は藍染町の桂治療院の者でお道といいます。何度も申しますが今の手当では不十分です。もしも何かその傷のことでご心配なことがありましたらご連絡下さいませ」

そう言って帰って来たのだが、結局永四郎のことが気になって翌日もまた見舞いがてら宿を訪ねた。

そして今日——。

「先生、心配していた通り熱を出していると番頭さんにお聞きしまして……番頭さんもお医者を呼ぼうとしたらしいのですが、医者はいらぬと断られたっていうのです。でも私、放っておけなくて……」

お道は心底案じているようだった。

「お道ちゃん」

千鶴は険しい顔になってお道を見た。そして、向嶋に出かけた夜に大川橋で起こった斬り合いをお道に話した。

「永四郎様は、あの時の覆面の武士ではなかったかと考えているのです」

「先生……」

「お道ちゃんに身分や事情を話さなかったのも、そういうことだったのですよ、きっと……」

千鶴は、寝息を立てている永四郎をちらと見た。

お道が心配だった。永四郎と関わったことで危ない目に遭いはしないかと千鶴は思い始めている。

だがお道は、

「先生、私、永四郎様が元気になられるまで、看てあげたいのですが」

思い詰めた顔を向けた。

「お道ちゃん……」

「先生……」

千鶴は、はっとして見返した。お道は、縋《すが》るような目を向けている。

――お道ちゃんはこのお方を……。

お道の心の中を覗いて一瞬言葉を失った。

「お道ちゃんの気持ちもわからないではありません。きっと私でもそうするでしょう。でもね、永四郎様がお道ちゃんにこれほど世話になっていながら何も自分のことをあかさないのは、それなりの事情があるのだと思いますよ」

暗に深入りしないようにやんわりと忠告したのだが、

「いいのです。覚悟してます、先生……出来るだけ治療院にも支障のないようにいたしますから」

お道は手をついて千鶴を見た。お道の瞳の奥には強い思いが溢れている。

千鶴は黙って頷いていた。

四

先の大目付下妻大和守《やまとのかみ》直久の紹介状を持ち、千鶴が牛込《うしごめ》小日向《こひなた》の加納但馬守《たじまのかみ》由友の屋敷を訪ねたのは翌日の夕刻だった。

式台で名を名乗り、取り次ぎに出てきた若党に下妻の書状を渡すと、しばらく経って庭の見える小座敷に通された。

むろん千鶴は、このような時には藍染袴は着用しない。きちんと草花を染め出した帷子《かたびら》に、きりりと帯を締めている。

いささか緊張して茶を喫すると、千鶴は庭先に目をやった。水を夕方打ったらしく、かすかに草いきれを感じていた。

灯籠《とうろう》の火が点っている。そしてその灯りの流れるところには青い苔《こけ》が生え、その苔の中からシダの葉が伸びて弓なりに葉を広げ、みずみずしげに光っていた。

大きく息をして再び茶碗を取った時、静かに廊下を鳴らして中年の武家が入って来た。

「楽になされよ、但馬じゃ」

着座した。

千鶴が挨拶をして頭を上げると、

「これはこれは、驚いた。そなたが桂千鶴殿……」

珍しい物でも見るような顔で千鶴を見ると、

「下妻殿も人が悪いな、このように若くて美しい医者がいたとはな」

加納は笑みを漏らした。だがすぐにその笑みを引っ込めると、

「して、下妻殿の書状では、そなたは貝塚伊勢守が何者かに襲われるところに出会ったということじゃが、詳しく話して貰えるかの」

血色の良い丸顔を千鶴に向けた。

「ありのままを……ただ、わたくしもお教えいただきたいことがございます」

「ふむ。そなたは井端進作とは懇意《こんい》の仲であったとか……よろしい、わしの知る限り教えよう」

「ありがとうございます」

千鶴は一礼すると数日前の晩に見た襲撃の一部始終を加納に話した。

むろん平岡永四郎の名は一言も触れなかった。

加納は首をかしげるような姿勢でじいっと耳を傾けて聞いていたが、千鶴の話が終わると、小さく何度も頷いて、

「奈良屋《ならや》の残党かもしれぬな」

小さい声で呟いた。そしてすぐに千鶴に気づいたように顔を向けると、

「貝塚伊勢守に遺恨を抱く者は多いが、その中でも奈良屋というのは伊勢守の嫌疑に関わった長崎の商人でな、伊勢守を襲ったのは奈良屋ゆかりの者に違いない。なにしろ伊勢守のために一瞬にして店も命も失って、残った者も散り散りになったと聞いている……」

「但馬守様……」

千鶴は加納但馬守のその先の言葉を待った。

貝塚伊勢守が長崎でかけられた嫌疑と井端進作の死が、どのような関わりを持っていたのか、それを知るためには、今評定所にかけられている詮議の中身を知る必要があった。

「わたくしの恩人の名誉と、その家族のこれからがかかっております。是非にも……」

「うむ……」

加納但馬守は小さく頷くと、

「貝塚伊勢守にかけられている罪の一つは抜け荷だ」

苦々しく言い、これまでの経緯を話してくれたのである。

それによると、昨年の暮れに目付の根岸大膳《ねぎしだいぜん》の屋敷の前で、旅姿の一人の町人が何者かに殺された。

騒ぎを屋敷の中間が察知して、根岸の屋敷の若党二人が走り出た。

その時浪人体の男が町人の胸をまさぐっていたのだが、若党二人に気づいて足早に立ち去った。

若党は奉行所に届け出て、殺された町人の亡骸は奉行所に引き渡されたが、まもなく、その町人の懐から幕府に対する訴状が出てきたと根岸の屋敷に届けがあった。

その内容は、長崎奉行貝塚伊勢守がその権勢を盾に不正を行い、非道を重ねているというものだった。

その一つの例として、輸入国である清国の商人やオランダ商人、そして日本の貿易商人や輸出のひとつである銅を産出する波佐見《はさみ》金山などから、通常送られる入朔銀《にゆうそぎん》の他に多額の賄賂《わいろ》を要求している。

また、輸入品を扱う商人のうち奈良屋に特別の権限を与えているばかりか、将軍や幕府の重役たちに贈るつもりで運んできた羅紗《らしや》や香料、ごろふくれん（毛織物）、人参などを横取りし、その上に抜け荷の疑いまであるというのであった。

「ただ、賄賂については、後任の奉行の報告では、贈った者たちも罪を負わされると思ってか、皆固く口を閉ざして、貝塚伊勢守の自白を促すような成果は上がっておらぬらしい」

「では抜け荷については……そちらも難しいのですか」

「貝塚伊勢守は抜け荷は致命傷になると知ってか、こちらに召還されるまでに奈良屋に全ての責任を負わせて闕所《けつしよ》追放にしたのじゃ」

「闕所追放……」

「ところが奈良屋は、翌日自害して果て、屋敷は炎上し、何もかも灰になった」

加納但馬守は言い、いまいましそうな顔をした。

燭台の灯が、張りのある加納但馬守の頬を照らしている。

「殿様」

千鶴は加納但馬守の視線を捉えて言った。

「すると、肝心な証拠はもう望めない、そういうことでしょうか」

千鶴は酔楽から、貝塚の評定が終わるまで井端家の問題は放って置かれるだろうと言われていたからだ。

井端家への決裁が遅れれば遅れるほど、進一郎のことが案ぜられる。千鶴は気が気ではなかった。

加納但馬守は言った。

「奈良屋が、貝塚に利用されたのは大方の見るところだ。輸入品を扱う権限をカタに脅され、奉行のいいなりになったのではないかとな。そうして見てみると、自害も屋敷の炎上も不自然だという者もいる。調べれば必ず証拠は出てくると探索は続けている。うやむやにしてはならぬと考えている」

その、貝塚伊勢守を襲った者が何者か、それがわかれば、ひょっとして切り札として使えるかもしれぬなと、加納但馬守はぽつりと言った。

その顔を見て、

――調べは難航している。

千鶴は不安な気持ちになった。

一刻（二時間）後、千鶴は但馬守の屋敷を退出した。

貝塚伊勢守が評定にかけられているその理由はわかったが、正直井端家の再興は前途多難、どう転ぶか想像もつかなかった。

千鶴は、酔楽を介して下妻に面会し、下妻のはからいで加納但馬守に会うところまで漕ぎつけたのだが、その慌ただしさのためか、かすかな疲労を感じていた。

「千鶴殿……」

暗い屋敷の門前に、求馬が現れた。

「求馬様、どうしてここがわかったのですか」

「お竹に聞いたのだ。いろいろと話も聞きたい、送っていこう」

それから五日、求馬が桂治療院にやってきた。丁度一通りの診察が終わった正午過ぎだった。

「少し貝塚伊勢について調べてみたのだ」

求馬は机上で患者の処方を書いた帳面を整理していた千鶴の側に来て座るとそ

う言った。

千鶴は膝を回して求馬に向いた。

「いらっしゃいませ」

お竹は求馬に茶を運んで来たが、

「先生……」

ちらと求馬に遠慮したような視線を向けると、

「お道さん、お昼も食べずに部屋にこもってしまったんですよ」

困惑した声で告げたのである。

「しばらく静かに見守るしか……頃合いを見て私が聞いてみます」

お竹はその言葉で下がって行った。

「どうかしたのか」

求馬が怪訝《けげん》な顔で聞く。

「ええ、おそらく、平岡永四郎様のことで悩んでいるんだと思うのですが」

「傷はもう良くなったのだろ」

「抜糸もしましたし、それはもう心配ないのですが、お道ちゃんにさえ固く心を閉ざして、明かしてくれたのは名前だけなんですから」

「貝塚伊勢守のことは何と言ってるのだ」

「そのような人は知らぬと……」

「俺が聞いてみるか……結果として俺はあの男の襲撃を邪魔したことになる。俺を怨んでいるかもしれぬが、貝塚襲撃を知らぬとは言えぬだろう」

「ええ、私も加納但馬守様がおっしゃったように、平岡様は奈良屋ゆかりの方ではないかと考えているのです」

千鶴は、加納但馬守から聞いた話は、この江戸で起こった話ではないだけに評定の進展を待つしかないが、心底は穏やかではなかったのだ。

「求馬様、私、貝塚様のお屋敷の前まで行ったこともあるのですが……」

小石川御門近くにある貝塚の屋敷をちらと思い浮かべていた。

固く閉ざされた門が外との出入りを遮断し、医師の千鶴にはたやすく入っていける所ではないことを改めて知ったのだ。

「今のところ私などには手も足も出せないってことが分かりました」

千鶴はもどかしそうに言い、求馬を見た。

「うむ、その貝塚伊勢のことだが、破格の出世をして長崎奉行にまで上り詰めた人物らしいぞ」

「家禄は三百五十石だと聞いていますが……」

「そうだ。小普請組から大御番衆、組頭を経て目付となり、長崎奉行になったというのだ。千鶴殿も知っている通り、長崎奉行は役高千石、これは他の遠国奉行と同じだが、その中身は天と地ほども違う。別に役料として四千四百俵がつく。それに向こうに行けば入朔銀も入り、舶載品《はくさいひん》（輸入品）を関税免除の原価で買う特権も与えられる。昇進を目指す旗本の垂涎《すいぜん》のお役だが、家禄三百五十石の貝塚がそこまで行くには、相当の金が動いたと思える。僅か在勤三年だが向嶋の二千坪もあろうかと思える別宅も建てているのだ」

「いったいどこからお金を工面したのでしょうね」

「俺は、諸色問屋に西国屋孫右衛門《さいごくやまごえもん》という男がいるが、その男が貝塚の出世を見込んで金を出したんじゃないかと睨《にら》んでいるのだが……」

「……」

「ただ、昇進のために賄賂はつきものだ。それだけを責めても貝塚は落とせぬ」

「でも求馬様、もしも抜け荷の話が本当なら、長崎で奈良屋が関わっていたとしても、この御府内で品物を捌くには江戸の商人である西国屋が必要ではありませんか」

「調べてみる必要はあるな」

「はい」

千鶴が頷いた時、

「先生、進介様がお見えでございます」

お竹が知らせて来た。

「千鶴先生……」

お竹の後ろから進介が入って来たが、顔色が強ばっている。

母の妙の具合が悪くなったのかととっさに千鶴は思ったが、進介は求馬に一礼すると苦渋の顔で坐し、

「先生、父上は自害ではありませんでした。貝塚奉行に密かに殺されて、自害として届けられていたようです」

唇を噛んできっと見た。

「誰がそんなことを言ったのだ」

求馬が驚いた顔で聞いた。

「通詞《つうじ》です。長崎からやってきたオランダ通詞です。今朝天文台に訪ねてきてくれまして、話の中身はとても酷い話でございまして、果たして、母に知らせてよ

いものかと……」

「話して下さい、進介様……」

千鶴は膝を直して、まっすぐ進介を見た。

進介は頷くと、

「ご存じのように父上は自ら貝塚様に願い出て配下として長崎に赴きました。当然あちらでは貝塚様の側近くで勤め、オランダ人や長崎の商人とも繋がりがあったわけですが、特にオランダ通詞の方たちとは親しくしていたらしいのです。中でも貿易蘭方オランダ小通詞の平岡永四郎殿とは特に親しかったようでして……」

「待って下さい進介様、今なんとおっしゃいました……父上様と懇意だった小通詞の名は、確かに平岡永四郎様……」

「はい」

進介は怪訝な顔で返事をすると、

「その平岡永四郎殿が私に会いに来て下さったその人なんです」

「……」

千鶴は驚いて、求馬と見合わした。

「あの男が通詞だったとはな」

　求馬が呟いた。

「ご存じでしたか平岡殿を……」

「進介様……」

　千鶴は、去る日に起きた貝塚伊勢守襲撃事件と、襲った武士がどうやら平岡永四郎ではないかというこれまでの話を進介にした。

「そう言えば左の腕を白い布で吊っていました。怪我をしたが、今しばらく腕は動かさないほうが良いと言われているとか申されて」

「同一人物だな、間違いない」

　求馬が言い、千鶴も相槌《あいづち》を打つと、話を先に進めるように進介を促した。

「その平岡殿の話によれば……」

　進介は話を継いだ。

　貝塚奉行は常々蘭人や商人たちとの会食を好み、高級料理屋で接待を受けていたが、女にもだらしがなく、見境がなかった。

　女郎や芸者を次々と妾に囲っていたのである。

　輸入品の取り扱いを少しでも他の商人よりも有利にしたい商人たちが、美しい遊び女を次々に貝塚に献上したからだった。

だが貝塚は、それで満足するような人間ではなかった。

地役人や商人の女房娘を所望するようになっていた。

そして、自身の欲のために利用していた奈良屋の娘お袖《そで》にも目をつけた。

井端進作は貝塚の使いで、ある日奈良屋に貝塚の書状を運んだが、その書状を読んだ奈良屋は真っ青になった。

書状には、お袖を貝塚が待つ料理屋に寄越すように書いてあったのである。

奈良屋はそれを断った。

貝塚奉行に妻や娘を近づけた者たちがどんな目に遭っているか知っていたからである。

しかし、貝塚のお袖に対する執着は深く、再度奈良屋に要求した。

言うことを聞かなければ、奈良屋を抜け荷の罪で投獄すると脅しをかけたのだ。

ついに奈良屋はいやがるお袖を、ほんの一刻の辛抱でいいのだからと説得して料理屋に向かわせたのだった。

お袖は不承不承貝塚に催促されて酒の酌はしたが、酔ったふりをして手を握られた時、その手を振り払い、立ち上がって貝塚の頬を平手打ちしたのである。

そして踵《きびす》を返して座敷を出た。

面目を潰された貝塚は、刀をつかんでお袖を追って廊下に出た。

だがその時、貝塚の行く先に蹲って制したのが井端進作だったのだ。

井端は貝塚の供をして、玄関近くの待合いで待機していたのであった。

「ご酔狂が過ぎまする。お慈悲をもってこれまでにしていただきとうございます。お袖には許嫁《いいなづけ》もいると聞いております」

「許嫁だと……ますますもって許せぬ……退け！」

「退きません、御奉行のためにもよろしくないと存じます」

「何をこしゃくな、身の程しらずめ……」

貝塚は刀の柄に手をやったが、料理屋の女や客たちが集まってきたため、

「ちっ」

舌打ちして座敷に戻った。

手燭の事件が起こったのはこのすぐ後で、貝塚はすぐさま井端を牢屋に放り込んだ。

盗人が捕まって事の真相が明らかになり、シーボルトへの疑いが晴れた後も、

貝塚は井端を牢屋から出さなかった。

まもなく、井端が牢内で自害したと聞いた平岡永四郎は、地役人の牢見回りに井端の死の真相を聞き出した。

牢見回りは、井端は食事を終わってすぐに血を吐いて亡くなったと言ったのである。不審な死だった。

話しおえると平岡永四郎は最後に進介にこう言ったのだ。

「私も貝塚に遺恨があります。その遺恨を晴らすためにこの江戸に参りました。ただ、私の死を持ってしても思いが遂げられるとは限りません。その時には、この書状を評定所に差し出して貝塚を訴えてください。今話したことが事細かに記してあります。そうしてご家名再興をかなえて下さい」

進介は永四郎との話を終えると、

「先生、私は貝塚が許せません。兄が聞けばなおさら……永四郎さんと同じく敵を討ちたい心地です」

きっと唇を嚙んで俯《うつむ》いた。

「お道ちゃん……」

千鶴は呼びかけた。お道は廊下で呆然として突っ立っていた。

だが、次の瞬間踵を返すと、玄関の方に走って行った。

「聞いていたんだな、今の話を……」

求馬が立ち上がって廊下に出た。

五

桂治療院を出たお道は、脇目もふらず新旅籠町目指して歩いていく。初めのうちは小走りしていたのだが息が切れて早歩きに変えた。

牢屋敷の塀に沿って小伝馬町の通りに出て、そこから両国広小路を目指した。神田川に架かる柳橋を渡って御蔵前通りまで行けば、新旅籠町はすぐそこだった。

いつもは近くに感じられたその道が、今日は遠い。

お道は急ぎながら、その頭の中は平岡永四郎のことでいっぱいだった。

なぜお道に、永四郎がそっけない態度をとっていたのか、進介の話を聞いてようやく飲み込めたのである。

あの夜、お道が黒船町で永四郎の腕に止血帯を巻いた時、永四郎の熱い息を感じて正直どきりとしたのであった。

毎日沢山の患者を見ているお道であったが、弱い月の光に映える永四郎の苦悶の顔は、どこか秘密めいた男の顔に見え、お道の心を捉えていた。

お道の心はその時、尋常ではなくなっていた。

永四郎を意識したその瞬間、心の中では恥じらっていた。

以前友人が、ある男にひと目惚れし、この人が夫になるのだと思ったという話を聞いた時、そんなに簡単に相手に心を奪われるものかと訝《いぶか》しく思うと同時に、友人は少しはしたないのじゃないかと軽侮の念さえいだいたが、それと同じ思いに今自分がとらわれていることに驚いていた。

旅籠に永四郎の包帯を取り替えるために通う間も、お道の心は穏やかではなかった。

——だが永四郎様は……。

永四郎は、包帯を替えている間に、けっしてお道の顔を見ようとはしなかった。

じっとお道の手元を見ていたが、その心は、少しずつお道を受け入れようとしてくれていたことは間違いなかった。

お道にとっては、生まれて初めての男への情愛だったが、それでも自然に備わった女の勘は、永四郎の心の奥のその奥の、お道への愛情を感じ取っていた。

包帯を替える時に感じた息苦しい思いは、けっして一方だけの感情が高じてなるものではない。目に見えない互いの熱い思いがぶつかり合ってなるものだということは、初めての経験でもわかるのである。

だが、そういう互いの感覚とは別に、永四郎は決して自分の気持ちを表さないばかりか、お道の想いを、あるところで押し返していた。

それとなくお道が永四郎の国や家族や好物を聞いてみても、永四郎が教えてくれたのは平岡永四郎という名前だけだったのである。

もどかしくて辛かったが、しかしその一方で、この方には私に言えない事情があるのだと自分に言い聞かせてきた。

そして昨日、傷口を縫合していた糸の抜糸が終わると、

「もう大丈夫だ、明日からは来てもらわなくてもよい。これまでのことは生涯忘れぬ」

永四郎は他人行儀に頭を下げた。

——永四郎様を恨みます。

もう知るものか、誰が顔を出すものかとお道は決心したものの、夕べから気持ちが塞ぎ、診察の手伝いをした後は、千鶴にもお竹にも口を利きたくなくて、部屋に閉じこもっていたのである。

しかし永四郎様は、

——貝塚に一矢報いるために江戸に来たのだ。

だから自分を遠ざけていたのだと、お道は再び膨れあがった切ない想いを、ただもう、永四郎のいる宿に向かって走ることでしか現わすことが出来なかったのである。

とにかく永四郎の顔を見たかった。

鳥越橋《とりごえばし》を渡って、御蔵前片町の角を曲がって新旅籠町の永四郎が泊まっている宿の前にお道は立った。

——あらっ……。

お道は宿の向かいの幽霊橋《ゆうれいばし》の袂の柳の木の下で、宿の表を眼光鋭く見詰めている中年の浪人を見た。

浪人はお道に気づくと、すーっと新堀川向こうの寿松院の門前町に消えた。

何故か背筋が冷たくなるのをお道は感じていた。

宿に入って玄関から廊下に向かったが、永四郎の居る部屋の前まで来たとき、障子がすらりと開いて永四郎が出てきた。

「お道さん……」

永四郎は驚いたようだった。

「どちらにいらっしゃるのですか」

お道は、永四郎がつかんでいる大小を見て言った。

「どうしたのです、お道さん」

永四郎は困ったように言い澱んだ。

「私は……私は……」

お道は震える声でそう言ったが、あとは言葉にならなかった。

言葉より先に涙が溢れそうで、それを押し込めるのに必死に言葉と一緒に涙を呑み込んだのだ。そして息を整えると、

「遺恨を晴らすために江戸に来たと、何故教えてくれなかったのでしょうか。お道がそれほど信用なりませんでしたか」

小さいが叫ぶように永四郎に言った。

「何のことですか、お道さん」

永四郎は惚《とぼ》けた。

お道はその言葉に失望したが、

「井端進介様が千鶴先生にお話なさっているのを聞いたのです」

思いきって言った。

「……」

「亡くなられた井端様と千鶴先生は懇意の仲でした。だから進介様が……」

「お道さんには関わりのないことだ。帰って下さい。二度とここに来てはいけないと言った筈です」

「永四郎様……」

呆然としたお道の側をすり抜けて永四郎は玄関に向かおうとしたのだが、

「しばらく」

求馬がやって来て行く手を阻《はば》んだ。

「誰だ」

きっと永四郎は身構えるが、

「俺を忘れたか永四郎殿、大川橋でおぬしと貝塚の斬り合いに割って入った男だ」

永四郎が、はっとして求馬を見た。

「覚えていてくれたらしいな、あの場所には、千鶴殿もいたのだがおぬしは知るまい」

「千鶴先生が？」

「そうだ。千鶴殿はひとこともそれを言わずにおぬしの手当をした……」

「……」

「おぬしがどう口をつぐもうと、俺たちはおぬしがあの夜何をしようとしたのかこの目で見ている」

求馬の言葉に、永四郎は身構えた。

「咎《とが》めているのではない。千鶴殿も井端家再興のために貝塚伊勢守の罪を今つかもうとしているのだ」

「……」

永四郎の表情がちらと動いた。

「しかし事が長崎で起こっただけに手詰まりを感じていた。おぬしに貝塚への遺恨の子細を聞きたい。話してくれるな」

求馬は厳しい顔で言った。

「遺恨は……」

永四郎は、求馬の顔を見て、それから千鶴の顔を見た後、

「奈良屋に代わっての報復です」

きっぱりと言った。

お道も、求馬や千鶴から少し離れて座り、永四郎の言葉を聞き逃すまいと注視している。

宿は客も少ないのかシンとして、永四郎の声ははっきりと聞こえた。

千鶴が求馬のあとからすぐにやってきて、四人は永四郎の部屋に座っている。

その座敷に、庭の大木が長い影を作っていた。七つ（午後四時）の鐘を聞いてから半刻（一時間）は経っている。寒い頃ならあっという間に落ちていく日も、このころはゆっくりとしていて、しばらく宿の庭に夏の日の光をとどめてくれているようだ。

「奈良屋とはまた……奈良屋は貝塚奉行と手を携えて抜け荷を行ったと聞いているが……」

求馬が厳しい目を向けた。

「いえ、奈良屋は利用されたのです。貝塚は奈良屋を隠れ蓑《かくみの》にして不正を働いていたのです。その不正で得た金は、すべて貝塚の懐に入っております。一銭たりとも奈良屋の手に渡ってはおりません」

永四郎は怒りを露わにして、改めて姿勢を整えると、

「貝塚伊勢守は着任してまもなく、輸入品の入札を行う長崎会所の商人奈良屋を貿易商人の筆頭にあげたのです……」

最初からのいきさつを語りはじめた。

奈良屋は貿易商人の中でも定評のある商人だった。

確かにそれまでにも選任されて会所商人となってはいたが、他の商人のように、商いにまつわる黒い噂のない商人だった。

そういう商人を身近に置いて権力を持たせることで、貝塚奉行は公正を重んずる姿勢を示したのであった。

これが先を見越した貝塚の深慮遠謀だったことはまもなくわかる。

長崎会所にたびたび運上金を要求するばかりか、唐船やオランダ船が運んできた商品の一部を、関税をかけない己《おのれ》の物として引き取り、それを奈良屋を使って大坂や江戸の商人に売りつけていたのである。

関税がかかっていないぶん利益もあがる。しかも奈良屋はその物品の商いについては手数の金もとらなかったのである。

目に余る貝塚のやり口から一刻も早く手を引きたいと考えていた奈良屋だったが、一昨年の夏、ついに後戻り出来ない悪事に荷担させられることとなったのである。

通常オランダ船は年に一度船二隻で、七月から八月にかけてやって来る。野母岬《のもみさき》で大砲の音が聞こえると貿易船がやって来たという合図で、やがて船からは入港証文が届けられる。

確かに間違いがないとわかれば陸揚げし、日本の輸入品（木綿や毛織物、薬草……丁子《ちょうじ》や阿仙薬《あせんやく》など、それに象牙《ぞうげ》、砂糖、鮫《さめ》の皮）を下ろす一方で、銅や樟脳《しょうのう》が積み込まれていくのである。

オランダ船が商いを終えて出港するのは八月の末か九月に入るが、オランダとの商いは年に一度のこの時だけの話である。

貝塚奉行の不正は、この正規のオランダ船とは別に、丁度同じ頃長崎湾内の小さな島に停泊した船との間のことだった。

その船は漂流したので入港させてほしいと言ってきた。

だが、十八年前に起きたフェートン号事件（イギリス船がオランダ船と偽って入港し、それを確かめるために船に出向いたオランダ商館員を人質にとり、最新兵器を見せて食料や水や燃料を要求し、日本は言われた通りに従わざるを得なかった事件。この時の長崎奉行は責任をとって自害している）のこともあり、奉行は密かに船の検使として小通詞だった平岡永四郎と、補佐兼警護として井端進作を含む奉行所役人三人を遣わした。

平岡が見たところ、船はバタビア（オランダの植民地）からやって来ていて、船内には珍しい品や、貴重な商品を満載していた。

その中には、清国の景徳鎮《けいとくちん》の器や、朝鮮の人参もあった。むろん絹織物もあったし、つまり通常のオランダとのやりとりでは手に入りにくいものがあった。

船は漂着したというのは口実で、闇での取引を望んでいるのは明白だった。

これまでにもこういう船は毎年押し寄せて来る。それを押し返して秩序を守るのが長崎奉行の役目である。

追い返された船は結局引き返すか、沖合で密貿易をするかどちらかである。

永四郎は貝塚奉行に、即刻追い返した方が良いと助言した。

ところが貝塚は、船は島に漂着したものであり、出航出来るように便宜をはかってやるしかない。そのために、商品を下ろさせてこちらが引き取り、その対価として船の修理をさせ、食料を補充してやって追い返すのだと言い出したのだ。

密貿易するための方便だった。

片や年に一度のオランダ貿易で出島はごったがえしている。

そのどさくさを隠れ蓑にして決行しようと考えたのだ。

貝塚奉行は、船の品物は奈良屋に安値で買い取らせることを思いつき奈良屋に命令した。

奈良屋はむろん反対した。

しかし奉行は、打ち明けた以上、嫌とはいわせぬ、もしも拒むなら会所から手を引くことはむろんだが、貿易商人としての資格を剝奪すると脅したのである。

いつかこんな日も来るに違いないと、もって生まれたその嗅覚で、貝塚は商人の中でももっとも手の汚れていない、そして江戸や大坂などの規模も大きく力もある五カ所商人ではなく、中堅の、いやそれよりも小さな商人奈良屋を選び、自分の息のかかった者として手なづけていたのであった。

平岡永四郎は、そこまで一気に話すと、

「私はその一部始終に立ち会いましたが、どうすることも出来ませんでした……

ただ、奈良屋が関わらなかったら断っていたと思います」

　永四郎は唇を噛んだ。

「おぬしと奈良屋とは特別の深いつながりがあった、そういうことだな」

　求馬が問う。

「……」

　永四郎は息を潜めてほんの少しの間思案したようだが、顔を上げると、

「実は私は、奈良屋の主利左衛門《りざえもん》殿に拾われて通詞の勉強をいたしました。長じて小通詞の家の平岡の養子となり、養父が亡くなって私が通詞として勤めていたのです。奈良屋には海よりも深い恩があります」

「永四郎様、奈良屋のお袖さんの話は、そのことがあった後ですね」

　千鶴が聞いた。

「はい。オランダ船も帰ってほっとしたところでした。井端様の死も不自然でしたが、奈良屋とその家族の死にも疑問があります」

「疑問……」

「はい、貝塚奉行の手から逃れられないと知った奈良屋が妻と娘を殺し、自害して家に火をつけたとされていますが、決してそんなことがあるわけがありませ

ん。お袖だけはこの難から逃してやりたいと、その事件の起きる宵《よい》の口《くち》に利左衛門殿は私に言ったのです。お袖さんも……」

永四郎はそこで口をつぐんだ。激情が胸を覆い、怒りの涙が押し寄せてきたようだった。

俯いて、声も出さずに震えていたが、やがて真っ赤な目を上げてきっと千鶴を見詰めると、

「お袖さんが、私に何も言い残さずに逝《い》くわけがありません」

言い切った。

お道の顔に動揺が走った。

求馬が念を押すように言った。

「おぬしか……お袖さんに許嫁がいたと聞いているが、その人はおぬしだったのだな」

「……」

永四郎は小さく頷いた。

お道が、そっと立って行った。

――そうか、それでお道ちゃんに心を許さなかったのですね。

千鶴は永四郎の顔を見詰めた。

シンと静まりかえった夕暮れの廊下の向こうで、かすかにお道の泣き声が聞こえてきた。

永四郎は、身じろぎもせずその気配を受け止めていた。

六

求馬の話を聞き終わると、加納但馬守の沈黙はしばらく続いた。

しかし胸を起こして大きく息をすると、改めて求馬を見た。その顔は高揚していた。満足したらしかった。

永四郎から井端の件はもとより、抜け荷いっさい、奈良屋とのことも含めて聞き出したのは、昨日のことだった。

千鶴はすぐに加納但馬守の屋敷にその晩のうちに向かったが、但馬守は昨晩は宿直《とのい》で留守だった。

そこで今日訪問したいと申し入れをしていたのだが、緊急の往診が入って求馬にその代役を頼んだのであった。

早く手を打たねば、永四郎の命が危ないと思ったからだ。

実際お道も、宿を見張る不審な浪人者を実見している。

永四郎には短慮なことはしばらく慎むように忠告したが、なお猫八に見張るよう頼んでいた。

「仔細はわかった、通詞の平岡に、この屋敷に来るように伝えてくれ」

加納但馬守は言い、

「長崎に調べにやった者が帰ってくれれば、貝塚の詮議を再開することに決めているのだ。平岡には一役買ってもらうことになる」

顔色を引き締めた。そしてつけ加えた。

「西国屋孫右衛門も放ってはおけぬな。ご苦労でござった」

温厚な目で頷いた。

「では……」

求馬はそれで腰を上げた。だが、

「しばし待たれよ」

加納但馬守は、手にある扇子で座に戻れと畳を叩いた。

「菊池求馬と申したな、もしや菊池左馬之助《さまのすけ》殿はそなたのお父上か」

確かめるように聞く。

「はい、左馬之助は、それがしの父でございます」

求馬は正座して答えたが、俄に顔が硬くなるのを覚えた。

「そうか、やはり左馬之助殿のな」

加納は懐かしむような顔をして、じっと求馬の顔を見詰めた。だが、ひとつ息をして頷くと、

「廉潔《れんけつ》で仁慈《じんじ》の人であった。だが、それが自身の失脚に繋がった……惜しい人であったの」

憤りを静かにかみしめるように言った。

「加納様……」

求馬は威儀を正した。加納但馬守の言葉をはかりかねていた。

父親のことは千鶴にさえ話してないことだった。

今からざっと十年前のことである。

当時求馬の父親菊池左馬之助は、御小普請組頭を務めていた。

家禄は三百五十石で、それに組頭としてのお役料三百俵を貰っていたから、実質六百五十石の収入があったわけで、若党や中間もいて、今の暮らしよりずっと

いい暮らしをしていたのである。

左馬之助の仕事の内容は、無役で小普請入りしている者たちの就職斡旋《あっせん》が主な仕事だった。

どこかの部署で空きが出来た時、配下の者の中から適材の者を推薦するのである。

とはいえ、小普請入りしている者は二千人を超える。おおざっぱに言えば、三千石以下の役職についていない旗本御家人の数はそれほど多いというわけで、組も八組に分け、それぞれの組に組頭がいて、その上に支配がいる。

つまり左馬之助が担当する組だけでも三百人近い者がひしめきあっているわけで、職を求める競争はすさまじいものがある。

そこで賄賂が横行するわけだが、これは公然の秘密であった。

しかし左馬之助は、この悪しき習慣を苦々しく思っていた。

人物本位で選びたいと考えていたのである。

ある年の春、左馬之助は各組への補充のための人選を行うために、心ある者は自身の特技や能力を書きつけて届けろと伝えたが、その中に左馬之助の屋敷に密かに賄賂を持ってきた者がいる。

黒岩清五郎《くろいわせいごろう》という百五十石の旗本だった。三十両持ってきた。

左馬之助は黒岩を叱りつけた。

「そなたの家禄で三十両というのは大金だ。金を借りて持ってきたのなら言語道断だし、そうでないのならこの大金、姑息《こそく》な手を使わずに自身を磨くのに使え」

結局この時、黒岩は選から漏れた。

左馬之助が選ばなかったというよりも、組にはもっと優秀な者がいたからだが、黒岩はこれを恨んで、下城してきた左馬之助に襲いかかったのであった。

左馬之助は傷を負いながらも取り押さえたが、これが配下の者とわかって騒動となった。

左馬之助は黒岩のお家断絶を回避出来るよう嘆願したが、そのかいもむなしく黒岩家は断絶、その達しを受けた日に黒岩は自害した。

事件はこれで決着するかにみえたが、あまりに潔癖な左馬之助にも落ち度があったのではないかとあちらこちらで言われるようになり、やがて左馬之助は役を解かれたばかりか、家禄も百五十石も減らされたのだった。

左馬之助はすぐに隠居して、家督を求馬に譲ったものの、まもなく病死したのであった。

辛い思い出だった。

求馬はいま、父が統率していた小普請組にいる。

家禄は減り、無役で浪々としているが、しかし父を恥ずかしいとは思ったことはない。

むしろ誇りに思っているが、とはいえ、最後は不遇のうちに亡くなった父のことを思い出すのは辛く、出来るだけ考えないようにして来たが、果たして加納但馬守が父のことを知っていたとは意外だった。

怪訝な顔で加納但馬守を見返すと、

「当時わしは目付であった。あの事件を調べてみたが、そなたの父に落ち度はない、非はなかった。わしはそう言ったが父御をよろしく思わぬ者がいたらしい」

「……」

求馬は、初めて聞く話に、大きく目を見開いて聞いている。

「父御はあの事件がなければ今頃は更なる立身を遂げていたに違いない。だからこそ、父御をめざわりに思っていた者は多かったようじゃな。待ってましたと追い落としたのじゃ」

「加納様……」

胸は激しく音を立てていたが、父の失脚を快く思っていなかった御仁がいたというだけで嬉しかった。

「どうしてやることも出来なかったが……」

「いえ、そのお言葉、父がなにより喜んでいると存じます」

求馬は深く頭を下げていた。

――こういう人なら今度の事件も……。

一条の光を見た気分だった。


「何、永四郎殿がいなくなった……」

求馬は宿の玄関で番頭とやりとりしていた猫八から、永四郎が裏口から出かけて行ったらしいと聞き、驚いた顔を番頭に向けた。

猫八は千鶴から頼まれて、永四郎が一人で動かないように見張っていた。

求馬はなんとなく胸騒ぎがしたというか、加納但馬守の屋敷からまっすぐ桂治療院に戻るところを、

――まだ千鶴殿は往診から戻っておらぬかもしれぬ。

そう思って、先に永四郎に加納但馬守の意向を伝えておこうと思ったのだが、

「出かけたのはいつ頃だ」

「はい、私どもも気がつかなくて、いま親分さんに尋ねられて知ったようなわけでございまして……」

番頭が話しているところに、永四郎の部屋から女中が走り出て来て、

「番頭さん、お部屋にこれが……」

油紙に包んだ物を差し出した。包みは本のようにも見えたが、その包みの上には半紙を二つ折りにした物と、三両の金を載せてあった。

畳んだ半紙には、桂千鶴様とある。

求馬は二つ折りにした半紙を開いた。

素早く目を通すと息を呑んだ。

半紙には、もしも自分が生還してここに戻れないその時には、この帳面を評定所に届けて欲しい。抜け荷を行った時の物品の数量、値段、そして貝塚奉行の印とバタビアの船長のサインもある貴重な一冊だと記し、三両の金は今日までの宿賃だとあった。

「誰かにおびき出されたのではあるまいな」

求馬は独り言のように言った。

ただ漫然と宿を出たとは到底考えられなかった。

「菊池様」

番頭が急に神妙な声で求馬を見上げると、

「西国屋さんから人が参りまして……」

「何、西国屋……諸色物産問屋の西国屋か」

「はい」

「それだ」

しまったという顔で求馬は舌打ちした。

「松吉《まつきち》さんというお人で、その人は以前にも平岡様を訪ねてきたことがあります」

「いつのことだ」

「平岡様が怪我をなさる前日です」

「何……」

求馬は永四郎が残していった包みを、框《かまち》に座って不安な顔で見上げている番頭の膝に戻すと、

「番頭さん、いいかね……お前はこの品を桂治療院に届けてくれないか、すぐに

だ」

「承知いたしました」

番頭が立ち上がると、

「猫八、お前は俺と一緒に来てくれ」

求馬は猫八を連れ、諸色問屋の西国屋に向かった。

「松吉は私ですが……」

松吉は、十手をひけらかして睨んでいる猫八に不安な目をちらと向けると、確かめるように見ている求馬に腰を折った。

「旦那がお聞きになりたいことは一つだ」

松吉に質問を始めたのは猫八だった。

「おめえさんは、新旅籠町に泊まっていた平岡様に会いに行ったろ……」

目をぎょろりとして聞く。見ようによっては恐ろしいが、どことなくひょうきんに見えなくもない。

「へ、へい」

松吉は、その目を恐ろしく感じたらしい。猫八に睨まれて震え上がった。

「いいか、正直に話してくんな。こう見えてもあっしは猫八という名を貰っている岡っ引だ。名は伊達《だて》じゃねえ、一度目をつけたら、とことんだ。わかったな」

「へ、へい」

「よし、じゃあ教えてもらおう、おめえさん、何しに行ったんだい……」

「それはあの……」

「それは……」

猫八は十手の先で、松吉の胸をとんとんと叩いた。

「旦那様は時々貝塚の殿様とお会いになりますが、その日がわかれば教えてほしいと、平岡様に言われておりましたので……」

「なんだって……じゃあ、今日もそれを報せに言ったのか？」

「はい。私は長崎からこちらに来たものです。西国屋さんに奉公出来るようになったのは、平岡様がお世話して下さったからなんです。それが何か……」

話している途中で、そんなことに何故十手を振り回されるんだと気がついたらしい。

「おめえさんが気にかけることじゃねえよ、で、どこで会うのだ、旦那様は……」

「深川の料理屋です。『花むら』というお店です」

「花むら……今夜のことだな」

「はい」

「よし、店に帰っていいぞ」

猫八は、松吉の背後にある暖簾《のれん》を顎で指した。

小網町《こあみちょう》で一、二を争う諸色問屋西国屋の暖簾は、両脇の店の暖簾に比べてひときわ藍の色が鮮やかだった。

その暖簾が、風に靡《なび》くたびに、道に日の陰と光を交互につくっていた。日が傾いて、一刻もすれば辺りは薄墨色に覆われるに違いなかった。

「待て」

店に引き返そうと行きかけた松吉を、求馬は再び呼び寄せた。

「西国屋は用心棒を雇っているのか……」

「はい」

「そうか……これは忠告だが、お前が平岡殿に知らせたことも、こうして俺たちに話を聞かせてくれたことも、主や店の者にはしばらく言わぬ方がいい。お前のためだ」

求馬は言うと、優しく頷いてやった。

首を捻りながら去っていく松吉を見送ると、

「猫八、お前はここから桂治療院に直行してくれ」

猫八に振り向いて言った。厳しい顔を求馬はしていた。

七

料理屋花むらは、馬場通りを抜けて汐見橋《しおみばし》を渡り、さらに東に入った洲崎《すざき》に近い場所に建っていた。

昔木置き場だったところを買い取って料理屋としたものだった。

周囲は三間ほどの堀で囲まれていて、料理屋への橋を渡ると紅葉《もみじ》をはじめ緑の美しい低木が植わっている庭があり、その奥に料理屋が窓を海に向けて建っていた。

どの部屋にあがっても、洲崎の海が眺められるという、趣向を凝らした料理屋だった。

平岡永四郎は、西国屋が花むらの玄関に消えたのを先ほど見ている。

これからじっくり、この橋近くの茂みの側で見守るつもりだった。

一刻余は貝塚奉行が出てくるには間があるだろうと思われたが、こういう日を逃しては、再び貝塚に会うことは難しい。

すでに日はいま落ちんとしていたが、気がつくと西の空を真っ赤に染めていた。

その朱の色は、永四郎が潜んだ庭にも覆い被さるように広がっていた。

永四郎は片膝つくと、懐に忍ばせてきた襷《たすき》を取り出した。

素早い動作で肩に回すと、きりりと左の腕のつけ根のところで結んだ。

そして大きく息を吸って腰を落とした時、ふっと万年橋で出会ったお道のことを思い出していた。

お道はどこか小名木川《おなぎがわ》沿いの町に用事で出向いていたようで、胸に風呂敷包みを抱えていた。

永四郎が万年橋を渡ったところで、川沿いを歩いてきたお道とばったり会ったのだった。

お道は、

「あっ……」

小さい声を出して立ち止まった。

「お道さん……」

永四郎も意外な出会いに驚いていた。

宿で千鶴と求馬にあらかたこれまでのことを打ち明けてから、二度とお道には会えないだろうと思っていた。

お袖という奈良屋の娘が許嫁だったとわかったからには、お道が会いに来てくれる筈がない。それで良かったのだと言い聞かしていたのだが、やはりお道と会うと切なかった。

「先生の御用なのか」

永四郎はなにげなく聞いたつもりだが、顔が戸惑っているのがわかった。

「ええ」

お道は短く返事をしたが、以前のように問いかけることはなかった。

快活で世話好きで、白い歯を隠すようにしてころころ笑っていたお道ではなかった。

ただ黙って大きな黒い瞳を永四郎にじっと向けている。瞳の奥には、永四郎を突き放すような色さえ見えた。

永四郎は笑みを作って言った。

「お道さんには世話になった。忘れません、ありがとう」

小さく頭を下げると、お道の側を通り過ぎて行きかけた。

「永四郎様……」

その背を、ふいにお道が呼んだ。

永四郎が向き直ると、お道は瞳を涙で一杯にして見詰めていた。

「お道さん……」

「敵討ちが、永四郎様がなさるただ一つのことでしょうか。命をかけてまでなさるただ一つのことが、敵討ちなのでしょうか」

「……」

「お袖さんなら……私がお袖さんなら、生きて、通詞として、立派なお仕事をして欲しいと……」

お道はそこまで言うと、たまりかねて口元を押さえて永四郎に背を向けた。

小さな肩が激しく揺れている。

――お道さん……。

永四郎が、その肩に手を伸ばそうとしたその時、お道は口を押さえたまま小走りで橋を渡って行ったのである。

永四郎は、決してお道を嫌いだったわけではない。好ましかった。いや、もっと言うならお袖のことがなければ、お道と心を通わせていたに違いない。

奈良屋との深い繫がりを考えると、永四郎にはこうするしかなかったのである。

いつの間にか赤い陽が落ちると、急激に辺りは薄暗くなっていた。

じっとしていると、花むらの華やぎと洲崎の海鳴りが、永四郎の耳に交互に聞こえてきた。

やがて花むらの玄関から、芸者たちに見送られて覆面の恰幅《かっぷく》のいい武家が出てきた。

貝塚奉行に違いなかった。

この庭に入る手前には堀端に船の発着場があった。迎えの駕籠がないところを見ると、貝塚奉行は船で帰るつもりかと思える。

いずれにしても、決着はこの広い庭の、月の薄明かりの中でつけなければならない。

永四郎は茂みの側で腰を落として貝塚奉行を待った。

玄関から橋のところまでは、灯籠《ぼんぼり》や雪洞に灯が入っているから、永四郎が居るところより遥かに明るい。

こちらからは、相手の顔はむろんのこと、供の様子まで良くわかった。

貝塚奉行には、一人は若党かと思える羽織袴の武家と、もう一人、浪人と思《おぼ》しき男が供をしていた。

目の前五間ほどに近づいて来た時、永四郎は鞘《さや》を払って三人の前に飛び出した。

「何者！」

浪人者が叫んで刀を抜いて貝塚を背に回し、

「ご油断なく」

背後の貝塚奉行に言った。

「貝塚奉行、今日こそはお命頂戴つかまつる」

言うが早いか、永四郎は浪人に斬りかかった。

一閃は躱《かわ》されたが、後ろに飛んで、もう一度斬りかかった。

浪人はこれを正面から受けて打ち返すと、刀を持ち替えて胴を狙ってなぐように払って来た。

永四郎は再び飛び退いたが、次の構えに入る寸前、貝塚奉行と若党が、浪人の後ろから橋に向かおうと踏み出したのを見た。

「待て」

二人に気をとられて、そちらに右足を踏み出したその刹那、浪人の剣が永四郎の右肩を打った。

斬られたと思ったが、痛くもなんともなく、数歩踏み出したが、途中で膝からどさりと落ちた。

「死ね」

止めを刺そうと振りかぶった浪人が見えた。

だが次の瞬間、激しい剣の音が頭上で聞こえたと思ったら、大きな音を立てて、永四郎の側に浪人が倒れて来た。

浪人はぴくりともしなかった。

「永四郎殿……」

求馬の声がして、抱き上げられたのがわかった。

「永四郎様、しっかりなさって下さい」

求馬の肩越しに、千鶴の顔が見える。

「貝塚が……貝塚は……」

永四郎は満身の力で問いかけた。

「もう逃げられやしません。ご安心下さいませ」

「お道さんに……」

永四郎は、苦しい息の中から、お道の名を呼んだ。

「お道さんに？……」

千鶴が大きな声で問いかける。

「済まなかったと……」

永四郎は、それで気を失った。


「お道は……どうしているのじゃ？」

久しぶりに治療院にやって来た酔楽は、大好きな酒徳利を片手に診療室に入って来ると、患者の脈を診ている千鶴の耳に囁《ささや》いた。

「もう、おじ様ったら、もう少しで終わりますから、向こうでお待ち下さい」

千鶴は言い、ちくりと睨んだ。

貝塚伊勢守が評定所で吟味されて、家禄没収、遠島と決まったのはつい先日だった。

ただ、受けた傷の深かった永四郎は、いまだに加納但馬守の屋敷で療養中だが、全快すれば長崎に帰ることになっている。

井端の家の家禄は元に戻ったばかりか、従来の井端の禄は進介が跡をとるが、新たに進一郎も百俵の俸禄を貰えることになったのである。

むろん、進一郎は品川の寺から家に戻り、蝦夷地《えぞち》に派遣される役人に随行するらしい。

御府内に暮らす者にしてみれば、未開の地の感はあるが、進一郎は喜んでその役目を受けたらしい。

誰の背にもようやく順風が吹き出した……、そんな思いで皆が浮かれ気分だというのに、お道だけがこのところふさぎ込んでいるのである。

診察の手伝いはするが、後は自室に籠もったきりで、食事もろくろくとっていなかった。

「そんな状態で医療は出来ないわね、お道さん、私たちは患者さんの命を預かっているってこと、忘れないでね」

少々厳しいと思ったが、千鶴は今朝情宜をつくしてこんこんと諭《さと》し、きちんと食事がとれるまで診療室には顔を出さないように言いつけたのだった。

酔楽は、それを知って心配して聞いてきたのだが、酒臭い息を吐きつけられて、千鶴は睨んでやったのである。

酔楽は、すごすごと廊下に引き返したが、すぐに、

「おい、千鶴、進一郎が来たぞ」

大声で呼んだ。

「先生、長旅に出る前に、ひとことお礼を申し上げたくて立ち寄りました」

凛々《りり》しく、そしてにこにこした顔で、進一郎は旅姿で玄関に立っていた。

千鶴は急いで応急の薬を持たせ、

「お気をつけて……さぞかしお母上様も、お喜びだったでしょう」

「はい、なにしろ、蝦夷地は遠い。母と弟をよろしくお願いいたします」

頭を下げた進一郎に、

「おい」

酔楽が言った。

「いいか、向こうではおっとせいも捕れる筈だ。俺に胆《きも》を送るのだぞ、いいな」

抜かりがない。

「はい、先生……」

進一郎は白い歯をみせた。

帰って行く進一郎を見送って、

「千鶴、あとはお道だけじゃな」

よっこらしょっと立ち上がると、

「もう、本当に家の中はどこもかしこもお酒くさいんだから、お竹さん、酔楽先生に昼間っからお酒差し上げたら駄目でしょう」

お道のいつもの威勢のいい声が聞こえて来た。

「おっと……お道さんのおでましだぞ」

酔楽はにやりとして千鶴に片眼をつむってみせた。

第三話　雨のあと

一

かつて通っていた、神田の豊島町《としまちよう》にある片桐《かたぎり》道場の師匠鉄齋《てつさい》が病に伏せっているというので、求馬は通り雨の過ぎるのを待って見舞いに出かけた。

鉄齋は七十近い老人だが、これまで一度も医者に脈をとって貰ったことがないというのが自慢であった。

とはいえ歳が歳だ。容体によっては無理にも千鶴に往診を頼もうかと考えていたのだが、鉄齋はもう床から起き上がっていた。

鉄齋のそばにはいずれ道場を継ぐだろうと見られている高第の入江鹿之助《いりえしかのすけ》がいた。

鉄齋は求馬の顔を見ると喜んで、暇な時には入江を手伝ってやってくれんか、わしもこの歳だと言い、老妻が運んできた菓子を勧めてくれた。

ひとしきり近況を報告した求馬は、入江鹿之助と道場に向かった。

道場と居住しているところは長い廊下でつながっている。廊下を渡りながら、求馬は懐かしい思いにとらわれていた。

だが求馬は、道場に入るやいなや、異様な雰囲気に包まれているのを知った。左右の壁際に門弟たちが座り、一組の立ち合いに見入っている。そのどの顔にも不安な表情が溢れていた。

そして、皆の注目を浴びているのは、求馬と同年代かと思われる男と、もう一人は、まだ二十歳には遠い十六、七かと思われる若い男だった。

若い男は痩せて頼りなげな体格だった。まだ十分に成育しきっていない未熟な体に、洗いざらしの道場着をつけていた。

だが、その目は一歩も引かぬぞという決死の光を放っていた。負けん気だけはありそうな男だった。

一方の男は、片桐道場には不釣り合いなほど立派な物を身につけた血色の良い男だった。

体全体にどことなく人を食ったような不遜《ふそん》なものが流れていて、その表情には冷たい笑みを漂わせている。子うさぎを追い詰めて、これからどう料理しようかと楽しんでいる風に見える。

「困った男だ。勝手な立ち合いは止めろと言っているのに」

鹿之助がぼやくように言った。

「誰だ……」

求馬は小さな声で聞いた。

なにしろ、久しぶりにやって来た道場である。

師の片桐鉄齋は小野派一刀流《おのはいっとうりゅう》の流れを汲む達人で、求馬も三年前まではこの道場に通っていた。

求馬は、この道場で三羽がらすと言われていたのだ。

あとの二人は、老いた師匠にかわって道場の面倒を見ている入江鹿之助と、親の後をとって城勤めとなった柿沢忠兵衛である。

忠兵衛が道場に通わなくなったのは城勤めが決まったからだが、求馬の場合は少し事情があった。

それは、師の鉄齋から、道場を手伝ってくれないかと話があった時、求馬はそれを辞し、鹿之助を推挙したことによる。

鉄齋は少しがっかりしたようだったが、求馬には求馬の考えがあったのである。

今もそうだが、当時も求馬と鹿之助は無役で小普請組だ。冷や飯を食っている。

しかも鹿之助の家は家禄百五十俵の御家人だ。親父殿も長患いで家計は火の車だと聞いていた。

求馬の家の台所事情もさして変わらぬ状況だったが、長患いの者がいない上に、求馬が丸薬を作って薬店に卸している分、鹿之助の家より少しは余裕があるのかもしれないと求馬はその時思ったのだ。

それで鹿之助に師範代を譲ったのだが、師の意思に添えなかったことでしばらく道場から足が遠のいていた。

ある日ばったり町で鹿之助に会い、おぬしのお陰で家計が助かった、先生から過分な手当を貰っていると頭を下げられた。

その時鹿之助は、先生も俺もおぬしが何故師範代を断ったのかわかっている、恩に着ると言った。

それでまた時折道場に顔を出すようになったのだが、昔からこの片桐道場には、求馬が知る限り家禄の高い子弟は来ていなかった。旗本でも二、三百石の者が多く、後は御家人と、江戸にいる藩邸の子弟だった。

求馬が誰だと鹿之助に聞いたのは、結構な稽古着をつけて傲岸《ごうがん》な顔をしている血色の良い男だった。

「久世房次郎《くぜふさじろう》だ」

苦々しそうに鹿之助が言った。

「久世房次郎……」

求馬が問いかけたとき、若い男が久世に撃ちかかった。

激しく二人は撃ち合ったが、次の瞬間、久世の竹刀《しない》が若い男の脳天を打った。

若い男は、かろうじてこれを躱《かわ》したが、肩を撃たれてぐらりと揺れた。

すかさず、久世の竹刀は若い男の喉元を突いていた。

若い男は、二間ほど飛ばされて、見守っていた同輩の膝元に背中から落ちた。

「大村《おおむら》！」

「三之助《さんのすけ》！」

大村三之助を抱えるようにして同輩たちが口々に呼び、尚も撃ち据えようと迫る久世からかばおうとして、久世を見上げた。

　皆恐怖に包まれた目をしている。

「立て……」

　久世が、いらいらした顔で大村三之助に近づいた。

「くそっ」

　歯を食いしばって三之助が立ち上がろうとしたその時、

「それまでだ」

　鹿之助が一喝し、久世房次郎に近づいた。

「先生の言葉を忘れたのか、先生のいらっしゃらないところでの荒稽古は禁止だ」

　すると房次郎はふてくされた顔で言い返した。

「それではいつまでたっても上達はせぬぞ」

「ここはおぬしの道場ではない。それに、大村はまだ入門して一年と半年だ。まだ未熟な若輩者を相手に何が面白いのだ」

「ちっ」

　房次郎は舌打ちすると、ふいに竹刀を肩に担いで道場を出て行った。すると、

「久世さん」

久世の後を男が追った。この男も結構な物を着けた男で、どうやら久世の友人か手下か、久世にへつらっているように見えた。

「大事ないか」

鹿之助は三之助に声をかけると、

「二度と久世とは稽古はするな。怪我をするぞ」

注意を与えて求馬を振り返った。

「旗本二千石の次男坊でな、ここに来るまでにあちこちの道場を渡り歩いている。しかしあの気性だ。次々に道場を止めざるを得なくなってここにたどり着いたというわけだ」

「先生はどうしてあんな男を入門させたんだ」

「さあ、いずれここにもいられなくなるだろうが、それまで目を光らせておかねばな」

鹿之助は苦笑すると、ぱんぱんと手を打って、壁に並んでいた門弟たちに、

「さあ、もう一汗かけ、それで今日はおわりにしよう」

大声で言った。

一斉に門弟たちが立ち上がって竹刀の撃ち合いが始まった。

その様子を懐かしげに見詰める求馬に、

「どうだ、久しぶりに……」

鹿之助が一杯飲む真似をした。

「そうだな……」

求馬はちらりと見返して笑った。鹿之助も無役の家の跡取りで、求馬と同じく小普請組で不遇の日々を送っている。

「気乗りがしないようだな、これからどこか行くところでもあるのか」

鹿之助は、にやにやしている。

「何だ」

「聞いているぞ、おぬし、いつだったか柿沢と岡部と呑みに行ったろう」

「ああ」

「二人から聞いたんだが、桂治療院の先生はすごい美人らしいじゃないか。俺にも紹介して貰うぞ、嫌とはいわせんぞ」

「鹿之助……」

「今日は俺がおごる。待っていてくれ」

鹿之助はそう言うと、撃ち合う門弟たちの中に入って行った。

「そういう訳でな、鉄斎先生への往診はいらぬことになった」

求馬はお竹が勧めてくれた茶を啜《すす》ってから千鶴に言った。

鹿之助に酒を誘われて遅くなったが、求馬に言われて鉄斎のことを気にかけてくれている筈の千鶴に、往診不要の旨を一刻も早く知らせねばと、家に帰る前に治療院に立ち寄ったのだった。

「もしや今夜にでもと思っていたのですが、良かったではありませんか」

千鶴は微笑《ほほえ》んだ。

誰もいない診療室はシンとしている。

灯火を挟んで二人は見合ったが、息苦しくなって千鶴が言った。

「何かお茶漬けでも召し上がりますか、お帰りになっても、もうお食事はございませんでしょう」

言いながら立ち上がって廊下に出た。お竹を呼ぼうとしたのだが、

「いや、いらぬ。帰る」

求馬も廊下に出てきた。

だが、行きかけて求馬は言った。

「千鶴殿、母に顔をみせてやってくれぬか」

じっと見た。今までとは違うひたすらなものがその眼にはあった。

「求馬様……」

千鶴は薄明かりの中で、求馬を見返した。

そして小さく頷いたが、図らずも胸の鼓動が鳴るのを感じていた。

「じゃ……」

求馬も高揚した顔で頷くと、大股に玄関に向かった。

その時である。

門を叩く五郎政の声が鳴り響いた。

「先生、若先生、開けて下さい、五郎政です！」

声だけでなく、どんどん門扉を叩いている。

「先生、五郎政さんではありませんか」

台所の方からお竹が小走りして来て、玄関に向かった。

「何ですよ、さっき帰ったばかりだというのに」

お竹は声をかけながら門に向かって走っている。

すると、

「先生、浦島です。怪我人です。お願いします」

浦島亀之助の声もする。

「浦島様も……」

驚いて千鶴も玄関に走った。

五郎政と浦島が担ぎ込んだ怪我人は、ごま塩頭の初老の男だった。

肩口から三寸ほど下まで斬られていて、袖が血で染まっていた。

そして五郎政も片足を引きずっていた。

千鶴はお道に手伝わせて、手際よく治療を始めた。

「いったいどうしてこの者はこんな深手を負ったのだ」

求馬が、頬や額を血と泥で汚している五郎政に聞いた。

五郎政は半刻（一時間）ほど前に、千鶴の家を出たところだったのだ。

この日酔楽の使いでやってきた五郎政は、突然雷をともなった夕立ちにあい、それが通り過ぎるのを待つ間、千鶴たちと夕食を食べた。幸い雨はまもなく止み、夕空に月が現われるのを見て五郎政は治療院を辞した。

その時、お竹が鯛の干物を酔楽先生にと紙に包んで持たせたのだが、その鯛も五郎政の懐で無残な姿に変り果てていた。

「和泉橋の袂《たもと》ですよ求馬様……」

五郎政は、興奮した顔で言った。

五郎政が夕立ちのあとの月夜の道を和泉橋の南袂にやって来た時、北袂から足をひきずりひきずり、杖を頼りに歩いて来る爺さんが見えた。

——こんな時刻に出かけなくてもいいのによ。

ふと田舎で暮らす父親の姿と重なった。

きゅんと思いがけなく胸が切なくなって苦笑したが、次の瞬間五郎政の顔は凍りついた。

爺さんめがけて覆面の武士二人が抜刀してひたひたと追って来るではないか。

まさかとは思って辺りを見渡したが、他に人影はなく、覆面の男たちが狙っているのは爺さんに違いなかった。

「野郎……」

五郎政は、かっとなった。

短気で短慮の五郎政だが、たいがいそれは弱い者を痛めつける者たちへの怒りがそうさせるのである。

五郎政は素早く辺りを見渡すと、頃合いの棒切れを拾い上げてぶんと一度振り回し、それから干し鯛を懐に入れると、

「爺さん、あぶねえ」

爺さんの元に走った。

五郎政が爺さんを自分の後ろにかばったのと、覆面の武士が目の前に小走りして来て立ちはだかったのと同時だった。

「何しやがる」

五郎政は武士が斬りつけてきた一打を爺さんを押しのけて躱し、相手の足もとめがけて夢中で棒切れを振った。棒の先が相手の足を打った。だが、もう一人の武士が居竦《いすく》んでいる爺さんに斬りかかろうと上段に構えたのを見て、

「ええい」

その男に撃ちかかった。

だが、体よく五郎政の撃ちこみは躱されて、そればかりか、後ろからもう一人に襟をつかまれ棒切れを取り上げられ、さらにその棒切れで向こうずねの辺りを強打された。

「うっ」

目から火の粉が飛び出るほど激痛が走った。

「退け、お前も死にたいのか」

五郎政に一打をくれた武士が言った。冷たい目が笑っていた。

「うるせえや、てめえら、ど、どこのどいつだい、そ、そ、その、二本差しは、無腰の町人を斬るためのものだってか……ゆるせねえ」

五郎政は立ち上がって叫んだものの、この時になって足が震えだした。

「じ、爺さん」

振り向くと、爺さんも肩を斬られて蹲《うずくま》っている。

「い、いけねえ、ちくしょう……誰か！　誰か来てくれ、人殺しだ！」

五郎政は叫んだ。

「何事だ」

そこへ現れたのが浦島亀之助だったのである。

「南町の同心だ、何をしておる」

「だ、旦那」

「五郎政じゃないか」

「ひ、ひとごろしですよ、こいつら、人殺し」

五郎政は声を上げるが内心はがっくりきた。他でもない浦島なら五郎政とさして腕の違いがあるとは思えなかったのだ。だが、

「くそっ……おい」

五郎政に最初の一打をくれた覆面の武士が顎をしゃくると、

「これで済むと思うな、爺さん」

捨て台詞《ぜりふ》を残して二人は橋の向こうに走り去ったのである。

「浦島の旦那のお陰で助かりやした」

五郎政は、息をはずませて礼を言った。

相手が同心だと知って逃げたのは間違いなかったが、浦島があれでへたに刀や十手でやりあわなかったことが功を奏したのは五郎政にはわかっている。もしもそんなことをしていたら、今頃あの橋の袂に、三人の遺骸が転がっていた筈である。

しかし、五郎政にお陰で助かったと言われた浦島は、悪い気がする筈はない。

胸を張って言った。

「この爺さんは名を徳治郎《とくじろう》というのだそうだ。そうだな、爺さん」

「へい」

爺さんは肩口を包帯で巻くお道に手当を任せて頷いた。目が落ちくぼんだ丸顔の男である。着ている物は垢抜けていて洗濯が行き届いていた。ただ上物の着物ではない。木綿だった。

どう見ても金がありそうではない。

「何故襲われたのか覚えがありますか」

千鶴は痛み止めの薬でうとうとしはじめた徳治郎に聞いてみた。だが徳治郎は、

「いや、ねえ……」

首を横に振り、納得がいかない様子である。

側から浦島が話を足した。

「徳治郎は根付師《ねつけし》だというのだ。おかね新道の銀杏《いちょう》長屋で家に引きこもってこつこつ根付を彫ってる年寄りに、どんな恨みがあるというのか……」

浦島は大きな吐息をつき、

「娘がいるらしいので猫八を長屋にやったのだが、ここに来れば娘にも事情を聞いてみるつもりだ」

二

その娘がやって来たのは半刻ほど後のことで、徳治郎が薬で眠りに落ちたところだった。

「お秀《ひで》といいます。おとっつぁんがお世話になりまして、ありがとうございました」

きちんと膝を揃えて頭を下げた。

歳は十七、八かと思えた。目のぱっちりした愛くるしい顔立ちの娘で、徳治郎とは似ても似つかぬ顔をしていた。

ただ、頰に無数のそばかすがあった。

それが難と言えば難だが、かえって親しみやすい愛嬌を感じさせた。

浦島は早速お秀に、父親が誰かに恨まれていないか聞いてみたが、

「おとっつぁんの知り合いは長屋の人たちの他には数えるほどしかおりません。人に殺されかけるほど恨まれるなんて、そんなことある筈がありません」

お秀は、きっぱりと否定した。

「徳治郎はいったい何処《どこ》に行っていたんだ、五郎政に聞いたところでは、足の具合がよくないらしいが」

「何処にって……」

お秀は困った顔をした。

「ここに運び入れる時に聞いたんだが、徳治郎は何も言わないのだ」

「知りません。私にも黙って出かけたんです。いつもなら出かける時には私がついていきます。だって、おとっつぁんは杖が無くては一人では長い距離は歩けませんから……」

「……」

浦島は眠っている徳治郎をちらと見たが、

「あの様子だと又狙われるぞ」

亀之助はそう言うと、もしも何か心当たりを思い出したらすぐに連絡するようにお秀に伝え、猫八を連れて引き上げた。

「でも命に関わる傷ではなくて良かったですね。お秀さん、この人が体を張って助けなかったら、どうなっていたか知れないのですよ」

千鶴は、向《む》こう脛《ずね》に膏薬《こうやく》を自分で貼っている五郎政をちらと見て言った。

「ありがとうございました」

お秀は、その五郎政の背に向かってまたぺこんと頭を下げた。

「いいってことよ、それよりもう少し早く飛び込んでいれば怪我もなかったのによ」

五郎政は言った。正確に言えば、もう少し強ければというところだろうが、そんなことを言えば男が廃《すた》る。

「いいえ、お陰様です」

お秀はまた頭を下げた。

五郎政がお秀の丁寧な礼に困惑したような顔を上げた時、お秀は五郎政の顔をまじまじと見て、ふと何かを思い出すような顔をした。

「いいって、いいって、お礼はもういいから、親父さんの面倒を見てやんな」

五郎政は照れくさそうに言い、

「若先生、それじゃああっしはこれで」

立ち上がったが、すぐに顔をしかめて足を押さえた。

「大丈夫ですか、もっとちゃんと手当しないと」

「親分が心配なさっておりやすから」

五郎政は、足を引きずりながら廊下に出て、玄関に向かって行った。

「五郎政さん」

お竹がその後を追っかけていく。

「五郎政さん、先生にこれを……今度は台無しにしないでね」

お竹が注意を与えている声が聞こえてくる。どうやら干し鯛とは別の手みやげを持たせたらしい。

「先生、あの人、五郎政さんておっしゃるのですか」

思案顔でお秀が聞いた。

「ええ、そうですよ。あんな乱暴な口を利いていますけど根は優しい人です」

「あの、親分とか言ってましたけど、何をしている方ですか」

おずおずと聞く。

求馬は笑って千鶴と見合わすと、

「あの男は、酔楽先生という医者の手伝いをしている者だ」

「……」

ほっとしたようだが、お秀はまだ考えているようである。

「何か？」

「ええ、まさかとは思うのですが、昔、子供の頃のことですが、かっぱ政と呼ばれていた人じゃないかと、ふと……」

「かっぱ政……」

「はい」

「何処の話ですか、それ……」

「武蔵《むさし》の西の方に狭山《さやま》というところがあるのですが、そこには三十三観音霊場の一番札所で有名な山口観音がありまして、そのすぐ近くの村に、かっぱ政さんはいたんです」

「すると何か、お秀はその村から出て来たのか」

求馬が聞いた。

「いいえ、私、幼い頃は旅芸人の一座にいて、あちこち回っていたのです」

「じゃあ徳治郎さんも……」

まさかという顔で今度は千鶴が聞いた。

「いいえ、おとっつぁんは昔は仏師だったと聞いています」

「……」

お秀の話が飲み込めず、千鶴は求馬と見合わせたが、

「私は養女なんです」

お秀は言い、にこりと笑った。

「養女……徳治郎さんの……」

千鶴は驚いてお秀を見た。

「はい、かっぱ政さんの話は養女になる前の話で、おっかさんと一座にいた頃の話です。私たち一座は関八州《かんはっしゅう》と呼ばれる土地を春から秋にかけて回り、冬の間だけこのお江戸の神社やお寺の境内で踊りや芝居を見せていました。先ほどお話しした狭山の中野村という村の小屋で芝居をした時のことです……」

お秀たち旅芝居の一座は、そこで足止めを食った。

座長と村の興行主とで何かは知らないがもめごとがあり、そのせいで一座の者は村人たちから白い目でみられ、お秀は村の悪童たちにいじめられた。

取り囲んでこづかれて、赤い鼻緒の草履《ぞうり》を取り上げられたのだ。

お秀は泣いた。泣くしか抵抗するすべもなかった。

土手の道を泣く泣く歩いていると、少年が近づいて来て、

「待ってろ、ここで待ってろ」

そう言うと悪童たちが遊んでいる所に走り、

「かっぱ政だ、逃げろ！」

逃げ出した悪童たちを捕まえて殴りつけ、お秀の草履を持って走ってきてくれたのだ。

しかも、

「おいで」

近くの川に連れて行ってお秀の足を洗ってくれた。

後で人に話を聞いたところによると、お秀が足を洗った川の少し下流に曼荼羅《まんだら》淵《ぶち》と呼ばれる淵があるらしいのだが、そこには河童《かっぱ》が住んでいて、人の生き肝《ぎも》を取るという言い伝えがあり、少年はその河童に見立てられて、村人たちからそう呼ばれていたらしい。

それほど少年は村の人から嫌われていたということらしいが、お秀にはどこかから馬に乗ってやってきた正義の味方のように思えたのだった。

「もう十三年も前のことです」

お秀は恥ずかしそうに言った。

「ふーむ、かっぱ政か……それにしては五郎政の奴、お秀に気がつかぬとはな」

「私の思い過ごしかもしれません。私の言うかっぱ政さんは五郎政という名ではありません。政五郎さんだと聞いていましたから……」

「政五郎か」

「はい。もしあの人がかっぱ政さんなら、私ばかりかおとっつぁんも助けて貰ったことになるんですもの」

お秀はそばかすの頰を染めたのだった。

「何、五郎政が夕べ人助けをした……」

酔楽は、びっくり眼《まなこ》で千鶴を見た。台所から五郎政の下手《へた》な鼻歌が聞こえている。酔楽は耳を澄ましてその声を確かめると、

「足を引きずって帰って来て、ちょいと大立ち回りをいたしやしてとかなんとか言っていたんだあいつは」

まったく……と酔楽は舌打ちしたのち、どうせ昔の習性が出て、どこかで喧嘩でもしてきたに違いない、それぐらいにしか思っていなかったのにと、見当外れに嬉しそうな顔をした。

「五郎政さんは傷の手当もしないまま帰ったものですから、ちょっと心配して来てみたんです」

「千鶴や、あいつがそんなことでへたばる玉か」

「そりゃあそうですけど」

千鶴は笑って、夕べの五郎政の武勇伝を手短に話した。

「でも、おじ様には何も言わなかったのですね」

「おかしな奴だ」

酔楽は首を傾げた。

するとそこへ、機嫌の良い五郎政が冷たい茶を運んできた。

「若先生、ゆんべはどうも」

「五郎政さん、徳治郎さんは今朝駕籠《かご》で帰って行きましたよ。五郎政さんにありがとうと言ってほしいって」

「とんでもねえ、あっしは当たり前のことをしたまでのことです、へい」

五郎政は頭を掻いた。

「五郎政、おまえ、かっこつけすぎるのではないか」

「へい、親分、すみません」

「そうそう、徳治郎さんですけどね、ただの根付師ではなかったんですよ、五郎政さん……徳治郎さんの根付を持つと運を開くといわれている今評判の人だったんです」

「へえ、あの爺さんが……」

「ええ、浦島様が長屋に徳治郎さんのこと調べに行ってわかったんですって、ひっぱりだこの根付師さんだって」

「でも若先生、なんで命を狙われたんですかね」

「それはまったくわからないそうです。これも浦島様の話ですが、長屋や仕事をおさめているお店に聞いても、どなたも首を傾げるばかりで……」

「おかしいな」

五郎政も首を捻った。夕べのあの様子では相当恨みを持っている者だと感じたのだがと呟いた。

「待て待て、千鶴、その根付師だが、徳治郎と言ったな」

ふいに酔楽が口を挟んだ。

そしてちょっと待てと言うと立ち上がって、棚の上からたばこ入れを持ってきた。

「これだ、これについてる根付は下妻から貰ったものだが、有名な根付師で徳治郎という者の作だと聞いている」

千鶴の膝前に置くと、たばこ入れの口につけてある根付を見せた。

薄い衣を着けた女人が琵琶《びわ》を手にして座っている。

「弁財天《べんざいてん》だ」

酔楽がつと触って見せた。

「ええ……」

千鶴は見とれていた。

まじまじと七福神の一人を眺めたのは初めてだった。

一見薄物を着た裸の女かと思ったが、そうではなく、まるで布を着せているような見事な彫りの女神だったのである。

柘植《つげ》の木の素材をそのまま生かした根付だが、木肌の艶もみずみずしく、またその弁財天の慈悲に溢れた表情といい、やわらかい体の線といい、まるで生きているように見える。

「見事だろう」

酔楽は自慢げに手に取り上げてまじまじと見た。

「近頃の根付というものは、北斎漫画《ほくさいまんが》に材をとったものや奇抜な意匠《いしょう》を凝らしたもの、それに象牙《ぞうげ》や鼈甲《べっこう》といった高価な素材で豪奢につくられたもの、からくり物と呼ばれる細密な仕掛けのあるものなど皆貴重がっているが、これが彫り物の原点だ。味がある。それに滅多に手に入らぬからか、幸運の根付と呼ばれているのだ」

根付のうんちくをしばし酔楽は披露した。

それだけこの酔楽にして、徳治郎の根付は貴重な物といえるのだろう。

「おじ様が根付にこだわりを持っていたなんて知りませんでした」

千鶴はくすくす笑った。なんだか子供のように思えたからである。

「千鶴、徳治郎はな、代々『光雲《こううん》』と名乗る小仏師の五代目だったのだ」

「徳治郎さんが……」

千鶴は驚いた。

小仏師光雲といえば、この江戸の大きな寺に仏像をおさめたとかいう話で、その名声を千鶴は子供の頃から聞いていた。

その人が徳治郎かどうかは知らないが、そうでなければ徳治郎の父親か、あるいは先祖の話だったに違いない。

しかし、どちらからあの風貌を眺めても、名のある小仏師の血を引く者とは、とても想像がつかなかったのである。

茶を運んで来た五郎政も、半信半疑の顔で酔楽の話を聞いていたが、

「でも親分、それがなぜそんな人が、おかね新道の裏店に住んで根付を彫ってるんですかね」

「わしの聞いた話では、不動明王を彫らせたら、京に住む慈恵《じけい》と並ぶ仏師だと聞いていた」

「へえ、そんな偉い爺さんだったのですかい」

「東の光雲、西の慈恵と言われてな……それが、何年前だったか、市ヶ谷《いちがや》の長楽寺という寺の不動明王を依頼されたとか聞いたのだが、それを慈恵に横取りされたとかで、以来、ぷっつりと世間から姿を消していたのだ。そういう過去もあって、一層人気が出たのかもしれぬよ」

「しかし親分、幸運を呼ぶ根付師が命を狙われるって、どういうことでござんすかね」

「そう言えば五郎政さん、昔、かっぱ政と呼ばれていたことありますか」

いきなり千鶴が話題を変えた。

「かっぱ政……なんの話だ」

酔楽が聞いた。

「五郎政さんも夕べ会ったでしょう。徳治郎さんの娘さんのお秀ちゃん、あのお秀ちゃんが言ったんです。昔入間郡《いるまごおり》の山口観音の近くの村にその人がいたんだって」

「い、入間郡の山口観音……」

五郎政は、激しく瞬きして、どうやら狼狽しているようだった。

「知っているのですか、中野村という村ですが」

「中野村……」

驚くものの、しきりに首を傾げてみせる。

「五郎政、何をもじもじしている。そういえばお前は、故郷はその辺りだと言ったな、そうだ、そう言ったじゃないか」

酔楽は一喝した。

「お、親分……なにしろ昔の話は、へい」

頭を掻いてにが笑いを浮かべたが、

「五郎政さん、お秀ちゃんはね、いじめられていたところをそのかっぱ政に助けて貰ったことがあったらしいんです」

千鶴の言葉を聞いて、五郎政は目をぱちくりした。

曖昧《あいまい》な笑いは消えて、どういう顔で取り繕《つくろ》うかとあたふたしているのがわかった。

「覚えがあるんじゃないですか……もちろん、かっぱ政というのは乱暴者でそう呼ばれていただけで、名前は政五郎という人だった、優しいお兄ちゃんだったって言ってましたよ」

「まったく、お前は何を惚《とぼ》けてるんだ、はっきりしろ」

側から酔楽が発破をかける。

「親分、あっしは家も故郷も捨ててきた人間ですから」

「馬鹿者、だからといって、隠すことでもなかろうに」

「……」

五郎政はしゅんと俯《うつむ》いた。

故郷は五郎政にとって余程煙たいものらしい。

「五郎政さん、お秀ちゃんは、もしあの時のかっぱ政さんなら、たしか脛に幼い頃の火傷《やけど》のあとがある筈だって言ってましたよ」

千鶴は言った。すると、

「はっはっはっ、それじゃあ間違いない。五郎政、お前のことではないか」

酔楽が笑った。そして容赦なく側にいる五郎政の着物の裾をめくった。長さが二寸、幅が一寸ほどの火傷の痕が見えた。

「親分……」

五郎政は泣きそうな声を出した。

「五郎政、いいか……お前の子供時代はどれだけ悪ガキだったか察しがつく。お前にしてみれば忘れてしまいたいのかもしれぬが、恩人と呼ばれるような殊勝な一面もあったということではないか。それまで忘れることはないだろう。自慢出来ぬがわしだってな、周りの者を煩わせたことでは人後に落ちん。それが見てみろ、こうして医者となって人助けをしておる。なに、お前は根っからの悪《わる》ではない、それはわしが一番良く知っている」

「親分……」

五郎政は、酔楽の言葉に心を動かされたのか、感じ入って泣きそうな声を出した。

この師にしてこの子弟有り……千鶴は苦笑した。

「それにしてもだ、お前の名前の変遷は見事なものだ。そうか、親に授かった名は政五郎だったのか」

「へい……」

五郎政は小さく頷いた。

「別名をかっぱ政、それが江戸に出てきて放蕩のあげくについたのが、政と五郎が逆さまになって、五郎政か……ごろつきの意味もこめての五郎政だろうな」

「へい親分、流石《さすが》です」

五郎政は又首を竦めて恐縮した。

「ふむ、そういうことなら千鶴、五郎政もだ、徳治郎をこのまま放ってはおけぬな」

顔を引き締めて千鶴を見た。

三

おかね新道にある銀杏長屋は、木戸から入ってすぐの所に一本だけ銀杏の木が聳《そび》えている。

長屋の何軒かは入り口に木の枝の影が差していて、暑い日は助かるというものの、洗濯物の乾き具合はどうだろうかなどと、千鶴にはよけいなことが気になった。

　それでも、徳治郎の家を教えてくれた長屋の女房が、

「この長屋を造るときに伐《き》ってしまおうかと相談したらしいんですね、でもそんなことしたら祟《たた》りがあるんじゃないかって、誰かが言い出して、それでそのままにしてるんですけどね。もっとも、秋にはたくさん実をつけてくれますから、みんなでそれを売って、お花見とか、お月見とか、そのお金で繰り出すんですよ」

　楽しげに言ったところをみると、銀杏の効用は大きいようだ。

「じゃ、徳治郎さんたちもその時には一緒に？」

「いいえ、徳さんはいかないんですよ、足が悪いでしょ、みんなに迷惑かけるからって……でもお秀ちゃんは行きます。おとっつぁんのことが気になるけど、皆さんのご厚意は嬉しいなんて言ってね、ほんと、あの親子見てたら羨ましいよ、仲良くてさ」

「徳治郎さんの足ですが、ずっと昔から具合が悪かったのですか」

「さあね、ここに来た時にはもうあの調子でしたからね」

「そう……ここに来たのはいつごろのことですか」

「そうですね、三年にはなるかしらね」

「三年ですか……」

「ええ、それからずっと家にこもって根付を彫ってて、外の用事はみんなお秀ちゃんがやりましてね。ですから恨みを買うなんてこと、これっぽっちも……」

女房は、親指と人差し指をくっつけてそう言った。

徳治郎の家は井戸端のすぐ側にあった。

千鶴が土間に入ると、二畳ほどの板の間で包帯をした徳治郎が、お秀になにやら片方の指を差して手ほどきをしているようだった。

お秀は台の上で一枚の紙を広げていた。

壁際には沢山の鑿《のみ》が並んでいて、ひとところには彫りかけた物か、彫りあがった物か千鶴にはわからないが、根付らしき物が集めてあった。

そしてお秀の周りには、幾枚もの紙が広げてあって、根付の下絵と思われる物が描かれてあった。

「これは先生」

徳治郎が頭を下げた。

「いかがですか、包帯を替えに治療院まで来るのは大変でしょうから、しばらく私が参ります」

「申しわけねえ、足がこんなんじゃなかったら迷惑はかけねえのに」

「いいのですよ、それより、お秀ちゃんも根付を彫るんですか」

千鶴は、徳治郎が差し出した肩の手当をしながら聞いた。

「まだまだ許してもらえません……今下絵を描いています。動物でもなんでも良く見て書け、写生がきっちり出来るようになるまでは彫らせねえなんて、おとっつぁんには厳しく言われているところです。私、なんでもいいから彫ってみたいのに……」

お秀は、ちらと徳治郎に視線を投げると、拗《す》ねるような顔を千鶴にして見せた。だがもちろんその顔には、父親への甘えのようなものが見え、本気で拗ねているのではない。

「心配しねえでも、そのうちに彫れるものだ」

徳治郎は苦笑して言った。

包帯を替えて千鶴が外に出て来ると、お秀が追っかけて来た。

お秀は、おとっつぁんの好きなひややっこを買いに行くのだと言う。

「お秀ちゃん」

千鶴はお秀の横顔を見て言った。

「五郎政さんは、あなたの言うかっぱ政さんでしたよ」

「まあ……」

お秀は立ち止まって声を上げた。

千鶴を見た目がきらきらしている。

そばかすは両の頬一面にあるが、なんともすがすがしく見える顔をしている。

「それで、五郎政さんは何か言っていたのでしょうか……私のこと、覚えていてくれたのかしら」

お秀の顔に、心許なげな色が見えた。

「覚えていました。最初は昔のことは覚えていないなんて惚けていましたが、最後には……」

「うふふ……」

お秀は嬉しそうに笑った。

「やっぱりちっとも変わっていないんですね」

お秀は懐かしそうに言うと、

「先生、私、あの日のこと忘れたことがなかったんです」

ぽつりと言った。

「……」

「私、本当のおとっつぁんの顔は知りません。ずっと昔亡くなったと聞いていましたから。それでおっかさんと二人だったのですが、五郎政さんに会った翌々年には、そのおっかさんも病で亡くなりまして、私そのあとしばらく浅草の田原町にいる遠い親戚の厄介になっていました。そこの家は子だくさんで、十三になってその家を出るまで……」

お秀は急に声を詰まらせた。

「お秀ちゃん」

顔を覗くと、お秀はこみ上げるものを懸命に押し込んでいた。

「苦労したんですね」

「すみません」

お秀は泣き笑いのような表情を見せたが、恥ずかしそうに言った。

「その時のことを思い出すと、すぐに涙が出て来てしまって……」

「……」

千鶴にはかけてやる言葉が見あたらない。見守るように肩を並べて歩いていると、

「だから、遠い村で五郎政さんに庇《かば》って貰った時の幸せだったあの気持ち、ずっと私の胸にありました」

「……」

「おとっつぁんが死に、おっかさんが死んで、私を支えてくれるものは何もないんだと思った時も、すぐに五郎政さんのこと思い出して……そうだ、こんなあたしでも庇ってくれる人がいたんだって……川の畔《ほとり》で汚れた私の足を洗ってくれたお兄ちゃんがいたんだって……先生、私、あの村でのことが無かったら、今頃どうなっていたかわかりません。おとっつぁんに巡り会う前に死んでたかもしれないって思う時があるんです」

千鶴を見詰めてきた目は潤んでいた。

しかしその目に膨れあがっているものは、この世への哀しみや怒りや恨みではないようだった。それは、懸命に生きてきたお秀の胸の中にある確かなもの、遠くにしか見えないが、信じるものがこの世にはあるというひたむきな想いが見てとれた。

——お秀ちゃんは、自分も知らぬ間に、昔自分を助けてくれた五郎政さんに恋をしている……。

千鶴は、ほのぼのとしたものを感じていた。

しばらく二人は黙って歩いた。

お秀の軽やかな下駄の音と、千鶴の草履の音が、白く跳ね返す路上に響いた。

「先生……」

ふいにお秀が声をかけてきた。

「今のおとっつぁんと巡り会えたのも、何かの縁だと思っています。めげずに生きてきたご褒美《ほうび》だと……」

ふっと明るい笑みをみせた。

「おとっつぁんとうまくいっているのですね」

「はい」

「徳治郎さんのところに来たのはいつ頃ですか……十三の時に親戚の家を出てすぐに？」

「いいえ、私、しばらく、それから阿部川町の小料理屋に住み込みで働かせて貰ってたんです」

「えらいのね」

千鶴は思わず呟いていた。

「いいえ」

お秀は首を振って苦笑し、

「おとっつぁんと巡り会ったのは、小料理屋のおかみさんの用事で外にも出るようになった十五の時です。二月の、まだ肌寒い夕暮れ時に、きくや橋を渡っていて、偶然新堀川に落ちたおとっつぁんを見たんです」

「徳治郎さんが川に……」

「ええ、それで私走って橋の下に下りて……」

お秀はすばやく周りの岸に立てかけてある竹や木材を見渡して、一度は長い竹をつかんでみたものの放り投げ、側に蛇がとぐろを巻いたように置いてあった太い縄をつかんで徳治郎に投げた。

「しっかり、つかまって！」

叱りつけるように叫んで綱をひっぱったのである。

岸まで徳治郎を引っ張り上げると、

「駄目じゃない、何やってるんですか。死んじまいますよ」

怒鳴っていた。

「すまねえな……すまねえ……やっぱり、死ねねえんだな」

徳治郎は、ろれつの回らない口で言った。酔っぱらっていたのである。

お秀は無性に腹が立って来て怒鳴るように徳治郎に言った。

「生きなきゃ駄目でしょ、いいことばっかりあるわけないんだから、誰だって嫌なこと、いっぱいあるんだから。でもね、世の中捨てる神あれば拾う神ありというでしょう。嫌なことがいっぱいあったって、ほんの少し、爪のあかほどの幸せもないなんて人いないでしょ。その爪のあかのような幸せを幸せと思えるようになったらね、もっともっと大きな幸せが見えてくるようになるんですよ」

お秀は昔母が教えてくれた話を夢中で徳治郎にしてやったのだ。それは、ずっと自分に言い聞かせて来た言葉でもあったのだ。

「千鶴先生……」

お秀は立ち止まって千鶴に笑顔で言った。

「おとっつぁんとはそれが縁で養女になったんです。今は実のおとっつぁんだと思っています」

「泣ける話じゃないか、のう五郎政や」

酔楽はちんと洟《はな》をかんで、側で膝を揃えて千鶴の話を聞いていた五郎政を見た。

本町の生薬屋《きぐすりや》からの帰りに治療院に立ち寄ったのだが、昨日聞いたお秀のこれまでを、黙っていられなくなって話したのだ。

「それにだ……」

酔楽は続けた。

「そこまでお前のことを言ってくれる人がどこにいるのだ……有り難いことじゃ」

できの悪い息子が、人並みのことをしたと言って大喜びする父親にも似て、心底話に感じ入ったようである。

治療院の座敷はまもなく西日に染まる頃だ。

座敷にいるのは、酔楽と五郎政、お道、そして酔楽に一足遅れて入って来た浦島亀之助と猫八の二人だった。

「五郎政、お前、明日と言わずこれから行って、久闊《きゅうかつ》を叙《じょ》して来るのだ」

笑って言った。

「キュウカツ……」

「何を鳩《はと》が豆鉄砲食らったような顔をしてるのだ……」

「だって親分、わかりやすく」

「わかったわかった、挨拶をして来い、顔を見せて来いと言っているのだ」

「へえ……」

「へえじゃない、わしが思うに、お秀はお前に初めて恋心を持ったんだな、うむ……」

それを聞いた五郎政は、柄にもなく真っ赤な顔をした。

「なんだ、やっぱりお前もそうだったのか……それならなおさらだ。この機会を逃したら、お前など一生恋などというものとは縁が無くなるぞ」

あけすけに言うものだから、千鶴たちは苦笑しながら大慌てする五郎政を見守っていた。

いいな、わかったなと、酔楽が五郎政に念を押したところで、

「千鶴先生、その徳治郎のことですが……」

亀之助が向き直った。

話が事件探索に移ったのだ。

しかし五郎政は、遠くにその声を聞きながら、お秀が村の小屋で芝居を演じていた姿を思い出していた。

話の筋は忘れたが、いつも思い出すのは、悪人にお秀が襲われる場面だった。絣《かすり》の着物を膝までに着て、赤い帯を締めたお秀が、助けを呼びながら、白い可愛い足をぱたぱたさせるのだが、なかなか助けに来る人はいない。

観ていた五郎政は筵《むしろ》の上に立ち上がって、

「待て、やい、卑怯者！」

俄《にわか》仕立ての舞台に叫び飛び上がろうとして押さえつけられたことを――。

五郎政にとってお秀は、舞台の上の小さな小さな、ただ一つの可愛い花のように見えていたのである。

だからこそ、翌日、村の悪ガキどもにいじめられていた時に飛び出したのだった。

お秀を助けたその時の状況を遠くに甦《よみがえ》らせながら、五郎政はもう片方の目で、皆の深刻な顔を見て、その話を耳朶《じだ》に捉えていた。

「何かわかったのですか」

千鶴が亀之助に聞いている。

亀之助は、顔を引き締めて言った。

「それが、どう近辺を調べてみても徳治郎爺が命を狙われるような話は出てこなかったのです」

「そう……あんな年寄りを夜道で襲って来るなんてことは、相当なことが無ければ……」

「そこなんですよ先生」

今度は猫八が言った。

「なにしろあの爺さんは足が不自由だ。普段は一歩も外には出ねえ。客の注文を聞き、その仕事を持って来るのは『泉州屋《せんしゅうや》』という小間物問屋の手代なわけだし、また、出来上がった物を取りに来たり、手間賃を持って来たりするのもその手代だ。爺さんはあの長屋で彫ってればいいわけでして、恨まれようにもめったに人に会うことがねえんだから」

「おかしな話ですね」

「あの徳治郎というのは、泉州屋の話では、注文が三年先までいっぱいだそうだ」

「すごい人気なんですね」

お道が言った。

「らしいな。ところが納得いくまで彫り、気に入らなければ惜しげもなく捨ててしまうから、仕事がはかどらないのだと泉州屋の手代は零《こぼ》していたが、爺さんはどこ吹く風だと言っていたな」

「浦島様、でもどこかに何かある筈です。何も無くて襲われる筈がありません。いいえ、また襲われる可能性が大きいのでしょ。もう一度調べてみて下さい。たとえば昔恨まれたことはなかったか」

「千鶴殿、むろんそれも調べましたが……」

亀之助は首を横に振って否定し、

「小仏師をやめたあとの徳治郎は、酒に溺れ博奕《ばくち》に走り、それで妻子に見捨てられたらしいのだ。お秀と巡り会った頃の徳治郎は、生きていく気力さえなかったらしい。お秀と親子になって、ああして発憤しているのだ。三年前までは誰にも相手にされなかったような男だ」

「……」

「まっ、そういうことで、私も上役からもいつまでも徳治郎に関わってばかりはいられぬぞと言われておりまして」

「手を引く、そういうことですか」

「いいえ、かかりっきりには出来ないということです。ただ何かあれば言って下さい」

亀之助は申しわけなさそうな顔をした。

「何かあってからでは遅いのではないか」

聞いていた酔楽が言った。声には苛立ちが見えた。

「先生……」

亀之助は恐縮しきりである。

「そうじゃないのか……相手が狙っているのは、父親ばかりとは言えぬぞ。娘のお秀が狙われていたら、どうするのだ」

酔楽は大声を出した。

五郎政はぎくりとした。酔楽の言葉は、突然五郎政の胸を刺した。

五郎政は夢から覚めたような顔をして見渡すと、密かに険しい目で膝前を凝視した。

四

「もう少しで包帯がとれますからね、でも、しばらくは無理をしないで下さい」

千鶴は、徳治郎が頷くのを確かめてからお道と土間に下りた。

そして、恐縮して戸口まで送って来たお秀に、

「その後、事件の夜どこに出かけていたのか徳治郎さんは話してくれましたか」

小さな声で聞いた。

お秀は首を振って否定した。

「そう……くれぐれも気をつけるように」

「はい」

「五郎政さんが来た時に、お使いなりなんなり頼むといいですよ」

「ええ……」

お秀は返事に困ったような顔をした。

「あら、来てないんですか、五郎政さん」

「ええまあ」

お秀は苦笑した。がっかりしているのは明らかだった。

——あれほどおじ様が仕向けたというのに……。

千鶴は舌打ちしたい気持ちを隠して、

「うるさい先生に仕えて五郎政さんも忙しいのでしょうね、でもきっと近いうち

に来る筈ですから、遠慮せずに、うんと用事を言いつけなさいね」

お秀を慰めて家の中に送り返すと、古くなったどぶ板を踏みながら木戸に向かった。

「先生」

お道が袖を引っ張る。

顔を上げてその方を見ると、何かが動いた。

木戸口に立っている銀杏の木の幹に人の影が見える。

「五郎政……五郎政さんじゃないの」

走って行って木の向こうを覗くと、五郎政が頭を抱えて木の陰に体を寄せていた。

「頭隠して尻隠さずとは五郎政さんのことのようですね」

両手を腰に置いて睨《ね》めつけると、

「あれ、何だ、若先生じゃないですか」

五郎政は惚けて言う。

「何をしているのよ、こんなところで、男らしくないわね」

お道がちくりと言った。

「こんなところではないだろう、心配して来てるんじゃねえか」

「だったら、さっさとお見舞いに行ってあげなさいよ」

「お道っちゃん、声が大きいよ」

「聞こえるように言ってあげなきゃ、一人では行けないんでしょ」

「と、とんでもねえ、そうじゃねえって」

「何が」

「あっしはここで、徳治郎とっつぁんを襲った奴らを捕まえようって、それで……」

五郎政は急に声を潜めると、千鶴とお道を自分の方に引っ張って、

「しーっ」

口を押さえて、それから徳治郎の家の方を指した。

そこには夏の白い日差しが落ちているが、昼下がりの路地は猫の子一匹現れない。

長屋の者も出払っている時刻だから、閑散としている。

三人が宿にしている銀杏の木の葉が、上の方で風に揺られて音をたてているだけである。

「何よ、誰もいないじゃない」

お道が膨れた。

「いや、先生、お道ちゃんも、徳治郎さんちの方を見てくれ。いいかい、徳治郎さんちの左隣はガキが二人いる大工の家だ。これは問題ねえ。だが右隣に住んでる奴は、なんにもしねえで家に引きこもっている。何度か水汲みに出てきたんだが、その目つきが気に入らねえ。仙蔵《せんぞう》という野郎らしいがただ者じゃねえ、胡散《うさん》臭《くさ》い野郎なんで」

自信ありげに説明した。

「五郎政さん」

千鶴は内心驚いていた。五郎政は、ただここで立っていたのではないらしい。五郎政は千鶴の顔に驚きの色があるのに気を良くして、一気にしゃべった。

「あっしと同じ穴に暮らした臭いがあいつにはあるんでさ。あっしはね、先生、この石頭をひねって考えたんですが、奴らはきっとまた徳治郎さんを狙うに違いねえ。狙うとすれば、この間のように外に出た時だ。だがそいつをどうして知るのかと考えたんです。まさか一日中長屋の外で見張るわけにはいかねえ」

「すると五郎政さん、その仙蔵とかいう人は、わざわざ徳治郎さんの隣に部屋を借りて様子を窺っている、というのですね」

「さすがは先生」

五郎政は得意顔だが、しかしそう容易《たやす》く相手も手の内を見せるものかと、千鶴は五郎政を見た。

どうしても徳治郎親子を守るのだという五郎政の気持ちはわかる。だがその話は少し都合が良すぎるのではないかと思ったその時、

「あいつです」

五郎政が井戸端に出て来た男を指した。

男は徳治郎の隣の家から肩に手ぬぐいをかけた姿で出てくると、ちらっと徳治郎の戸口に目を走らせた。

ぞくっとするような凶悪なものが感じられる。

男は、ふんと鼻で笑うと井戸端により、水を汲んで手ぬぐいを濡らすと、顔を拭き、首筋を拭き、腕を拭いた。

そして注意深く辺りを見渡した。

眉は濃く目は窪《くぼ》み、頬はそげ痩《こ》けたように見えるが、辺りに配った目の色は暗くて険しかった。

五郎政の言う通り、曰《いわ》くありげな男だった。

「でも五郎政さん、徳治郎さんを襲ったのは二本差し」

「ですから先生、あの野郎は襲ってきた武士の手下だろうと踏んでるんです」

五郎政は自信ありげに言った。

お秀のところに顔を出すのが照れくさく、かといって心配でじっとしてはいられない五郎政は、ここで辛抱強く長屋の住人たちを観察していたに違いない。

仙蔵という怪しげな男に気を止めることになったのも、ここに幾度も足を運んでいたからだろう。

それだけ五郎政の胸には、お秀のことは特別なものとしてあるに違いない。

「きっと尻尾《しっぽ》をつかんでやる」

不穏な空気をまとっている仙蔵の姿を捉えたまま、五郎政は呟いた。

「五郎政さんとおっしゃるのですな」

銀杏長屋の大家甚兵衛《じんべえ》は、上がり框《かまち》に五郎政を座らせると、ずらした眼鏡の向こうから見上げるような目をして言った。職業柄か詮索する目の色になっている。

「そうそう、あんたさんですな。昨日も、一昨日も、銀杏の木のところにいたでしょう」

甚兵衛は手に握っていた鋏《はさみ》を側に置いた。

松の盆栽の剪定《せんてい》の途中だったらしく、奥に見える縁側には剪定途中と思われる盆栽が置いてあるし、その向こうの小さな裏庭には棚がつくってあって、そこにも幾つもの盆栽が並んでいるのが見える。

「へい、おっしゃる通りです。おめざわりで申しわけございやせんでした。いやね、実は少し事情がございやして」

「事情……銀杏の実が色づく頃には、外からぎんなん泥棒が入って来てあたしも大変なんですが、それにはまだまだ早いでしょ、どうしたものか、何の用なのか話を聞いてみようと思っていたところなんですよ」

「それはどうも、あっしも気がちいせえもんですからいろいろ考えあぐねていたわけです。だがもう待てねえ、こうなったら大家さんに何とかしてもらえねえかと」

五郎政は手をもみ合わせる。

「いったい何のことですか、私に何をどうしろとおっしゃるのです」

「大家は長屋の住人にとっちゃあ親も同然といいますから」

「当たり前です。そういう心でいなきゃあんた、大家なんてやれませんよ」

「その言葉をお聞きしやして、ほっと致しやした。いや、実はですね、この長屋に仙蔵さんというお人が入っておりやすでしょう」

「はい」

甚兵衛の顔に、敬遠するような色が動いた。

「仙蔵さんにあっしはお金を貸してあげたんですが、いっこうに返してくれません。いい仕事を持ってるからすぐに返しますのなんのというものですから、あっしもなけなしの金を貸してやったわけです」

「ちょっと待って下さい。お金を仙蔵さんに貸したが、払って貰えないからあたしの助けが欲しいと、こういう話ですかね」

「へい、さすがは大家さんだ」

「いったいいくら貸したんですか」

「十両です」

「十両！」

「へい、あんまり大きな声じゃ言えませんが、手慰みでちょいと賭場にめえりました時に、仕入れの金をすっからかんにしてしまった、このままじゃあ生きていけねえなんてあの野郎が言うもんですから貸してあげたんですよ」

「騙されたんじゃありませんか。仙蔵さんは仕事は何もしていませんよ。そんな人にお金を貸すなんて、五郎政さん、あんたも悪いでしょう」

「大家さん、そりゃあないでしょう。あっしはようやく探し当てたんです」

「いいえ、そういう話ならお断りします。いくら大家が親も同然とはいってもですよ。長屋の連中の借金を肩代わりしてたんじゃ、いくらお金があったってたりませんよ。どこにそんな大家がいるんですか」

「しかし大家さん、この長屋に入るについちゃあ、誰か身請け人がいるから入れたんじゃないですかい。大家さんが肩代わりしてくれないというのなら、その身請け人を教えてもらえませんか」

「もめ事を大きくしちゃあ困りますよ」

「話を通しておくだけです。大家さんにもご迷惑はおかけしやしません」

「請け人は歴《れっき》としたお方ですからね」

甚兵衛はしぶしぶ帳面を捲《めく》ると、仙蔵の請け人を教えてくれた。

旗本二千石久世左近《さこん》の家の用人土屋儀兵衛《つちやぎへえ》、それが仙蔵の請け人だった。

「くれぐれも順を踏んで、礼を失することのないようにして下さいよ」

甚兵衛は釘を刺した。

――えらいことになったな、旗本二千石……。

五郎政は震えが来るほど緊張していた。

五

「先生……若先生」

五郎政が足を鳴らして桂治療院にやって来たのは五つ（午後八時）過ぎだった。

千鶴は求馬の知り合いの旗本の家を、求馬の案内で往診して帰ってきたところで、お竹が出してくれた冷たい茶を喫していた。

「こりゃあ求馬様も、丁度良かった。先生、少しわかりかけてきたんです」

五郎政は荒い息を吐きながら言った。

「落ち着いて」

千鶴は制し、側で患者に渡す薬袋を貼り合わせていたお竹に、

「お竹さん」

五郎政に冷たいお茶を出させ、飲ませてから、

「仙蔵という男のことですね」

一息ついた五郎政に聞いた。

「へい、大家から身受け人を聞き出しまして……それがびっくりのなんのって、お旗本も大身の用人だったんですからね」

「まあ……」

千鶴は求馬と見合わせた。

「久世左近という旗本の用人で、土屋儀兵衛というらしいのですが」

求馬が聞いた。怪訝《けげん》な顔をしている。

「久世左近？」

「ご存じなんですか」

「いや、久世は久世でも人違いかも知れぬのだが……その先を話してくれ」

「へい、今日の夕刻近くになって仙蔵が長屋からふらりと出てきやして……」

五郎政が後を尾けると、仙蔵は神田川に出て和泉橋を渡り、神田佐久間町にある小料理屋『まつ葉』に入って行ったのだ。

仙蔵が入れるような店ではない。

恐らく誰かと待ち合わせをしているに違いないと思った五郎政は、まつ葉の向かい側の物陰で、じっと仙蔵が出てくるのを待った。

すると、小半刻（三十分）ほど経った、六つ（午後六時）の鐘が鳴ってまもなくだった。

女中に送られて仙蔵が出てきたのだ。

仙蔵は、若い武家と一緒だった。

――あれが土屋とかいう用人だな。

凝視していた五郎政は、ふとこちらに視線を投げた男の目を見て息が止まりそうになった。

「若先生……」

五郎政はそこまで話すと息を継いで、

「その男が、徳治郎さんを襲った男だったんです」

千鶴を、そして求馬を見て言った。

「五郎政、確かか」

「忘れちゃいませんぜ旦那。あっしは命をかけて闘ったんですぜ、あの時のあの目は、死んでも忘れねえ」

「久世家の用人だと言ったな」

「すみません、用人だと思ったのはあっしの早とちりでした」

五郎政は、背中に冷や汗を掻きながら、凶暴だったあの晩の男と仙蔵を暗闇の中に見送った。

そして急いで軒行灯《のきあんどん》の灯の具合を見ていた女中に聞いてみた。

「ちょいと教えていただけやせんか、今あちらにお帰りになったお武家様ですが、確か久世家のご用人、土屋儀兵衛様でございやすね」

「あんた誰……」

女中は怪訝な顔で聞き返してきた。

「あっしは昔久世様の屋敷に出入りしておりやした者でございやすが……」

「何言ってるの。ご用人の土屋様はおじいちゃんでしょ」

「すいません、暗くてよく見えなかったものですから」

「あのお方は、久世家の御次男の房次郎様じゃありませんか」

女中はそう言ったというのである。

「五郎政……」

求馬は五郎政が話し終えると、

「お前の話だと徳治郎を襲ったのは、久世房次郎……」

「へい、間違いございやせん。あっしは、あいつの目を見た時、ぴんときやした。この体でぶつかっていった時の記憶は確かですから」

「あの久世か……」

求馬は体を起こして、道場で凶暴に振る舞う久世の姿を思い出していた。

「求馬様……」

千鶴が顔を覗くようにして言った。

「ご存じなのですか」

「うむ、俺が通っていた片桐道場で、ついこの間見たのだ、久世という粗暴な男を」

「でも、同姓同名ということだってありますから」

「若先生、あっしの目を疑っているんですかい」

「いいえ、五郎政さんの目が確かでも、求馬様がご存じの久世様と同じかどうかは、慎重に見極めないと、そうでしょう……相手はお旗本です」

「よし、俺が確かめてみる。そこまで調べただけでも五郎政、お手柄だ」

求馬は翌日、片桐道場を出てくる入江鹿之助を待ち受けていた。

鹿之助が表に出て来たのは七つ（午後四時）頃だったが、求馬は鹿之助を馬喰《ばくろ》町《ちょう》の居酒屋に誘った。

「何の話だ、改まって……」

鹿之助は、怪訝な顔をして上げ床になっている小座敷に座った。

この居酒屋は、衝立《ついたて》で仕切った小座敷が右手の通路に沿ってあるだけで、後は全部腰掛けになっている。

たいがい小座敷には武士が座り、腰掛けには町人が座るが、しかしそう決められているわけではない。

「ずいぶんお見限りでございましたが、お久しぶりでございますね」

もう五十は過ぎたかと思える女将《おかみ》が、早速蛸《たこ》の酢の物と酒を運んで来てにこりと笑った。

手のかからぬ素朴な肴しか出さない店だが、そのかわり酒は安くて、たっぷり飲ませてくれる。

若い求馬たちが常連にしていた店だが、道場に通わなくなってからはすっかりご無沙汰《ぶさた》だった。

女将はこの数年でずいぶんと老けていた。

求馬は懐かしそうに店を見渡すと、ひややっこと茄子《なす》の浅漬けをとりあえず女将に頼み、鹿之助に向いた。

「久世房次郎のことについて聞きたいのだ」

「久世？」

鹿之助は怪訝な顔をした。

「いや、実はな、お前だから話すのだが……」

求馬は老いた根付師を襲った者として久世の名が上がっているのだと手短に話し、知っていることがあれば教えてほしいと言った。

「あの男ならやりかねんよ。お前も見ただろう。久世は熱心に稽古をするために道場に来るんじゃない。弱い者をいたぶって楽しむためにやって来るのだ」

鹿之助はにべもなく言った。

「どうしてそんな奴を入門させたのだ」

「先生は立浪《たつなみ》道場から泣きつかれたのだ。立浪道場は河野《こうの》道場から頼まれて預かっていたらしい。つまり、道場のもてあまし者だ。先生も断るに断りきれず、引き受けたらしいのだが、あの有様だ。この先どういう扱いをするのか頭を痛めておられる」

「ふむ」

「あの男にくっついていた男がいたろう」

「ああ」

「狭山《さやま》という男だ。奴にくっついているのは狭山一人となった。この道場にやって来た時には、他にも旗本の次男三男の者が仲間として連なっていたのだが、その者たちは久世と袂を分かって道場も止めていったのだ」

「ほう……その者たちは何という名だ」

「一人は堀田啓介《ほったけいすけ》、もう一人は青山淳作《あおやまじゅんさく》、もっとも堀田は新規召し抱えで冷や飯食いから抜け出たということもあるが、久世の性格に嫌気がさしたのだろうと俺は見ている」

「先生、少しわかりましたぜ」

猫八は、最後の患者が帰って行くのを待って、待合いの部屋から入って来た。

仙蔵と久世家との関係、また、何故仙蔵が銀杏長屋に引っ越して来たのか等、そのあたりの調べを千鶴は亀之助に頼んでいた。

亀之助は例のごとく及び腰だった。

せっかく五郎政の働きによって調べが進み始めたというのに、亀之助は仙蔵に旗本がついていると知るや及び腰になった。

そこで千鶴が、

「何か手がかりがあれば言ってくれとおっしゃったのはどなたさんでしたでしょうか。お役人の浦島様たちが調べるのを恐れるようでは、町の者たちはどうすればいいんでしょうか。それではこの世はどうなりますか」

厳しくつっこむと、

「千鶴先生、そう言われても相手が旗本じゃあ、下手すればこっちがお咎《とが》めを食いますよ。私のことだけを言っているのではありません。千鶴先生だって……」

「浦島様、私、どうやら浦島様を買いかぶっていたようですね。そりゃあお役人の中にはそういう考えの人もいるでしょう。でも浦島様だけはそんな人たちとは違う、そう思っておりましたのに」

「先生……」

亀之助は泣きそうな声を上げる。

「わかりました、もうお頼みしません。相手がお旗本であれ何であれ、人を闇討ちしていい筈がありません。許せません」

話しているうちに次第に怒りが増してくる。

医者として徳治郎の治療をするうちに、父と娘のこれまでの事情を知った千鶴である。

傷ついて、果てしない淵に立たされていた二人が巡り会い、どこの誰よりも固い親子の絆《きずな》で結ばれて、細々と暮らしているその姿を間近に見てしまった今、どうして知らぬ顔が出来ようか。

また、五郎政を密かに慕う純真なお秀の心と、お秀に慕われていたことを知り、消し去りたいような自分の過去に、暖かくて、きらきら光るものがあったと知った五郎政の気持ちを考えても、千鶴は今度の不可解な事件から手を引くなんて出来ないと思っている。

とはいえ、浦島の気持ちもわからないわけではない。

「お道ちゃん、往診に参りましょ」

立ち上がった千鶴に、

「先生、わかりましたよ、やってみますよ」

渋々引き受けてくれた亀之助だったのだ。それが功を奏して、どうやら収穫があったらしい。

「旦那はちょいと他に回りましたので、あっしが報告に参りやした」

猫八はそう言うと、お竹が運んできた冷たい茶を喉を鳴らして飲み干して、

「仙蔵の野郎は久世家の中間だった男でした。あっしが話を聞いた男は久世家に二年ほど勤めた男で、つい数日前に暇を出された男です。久世家の内情はかなり良く知っておりやして」

「だったということは、仙蔵は久世家から暇を出されたのですか」

「らしいですね」

「でもいまだに、長屋に入居する際の身請け人に久世家の用人がなっているし、小料理では若旦那の房次郎と会っていたとはね」

「そこにどうやら、からくりがあるんじゃねえかと、あっしは見たんですがね」

「どういうことですか」

「仙蔵は親の代から久世家に仕える中間だったようですが、あの野郎は人を傷つけたらしくて、殿様からお払い箱となったというのです。ところが次男の房次郎が、私が身柄を預かると殿様に願い出て、用人を説き伏せて身受け人にし、銀杏

長屋に入れたというんですが、何故銀杏長屋なんだと、徳治郎を襲うために入居したんじゃないかと、あっしは疑っているわけでして……世間にはもっともな理由をつけているが、中身は違っている、そう睨んでいるんです」

「そうですね、妙に符号するのも偶然とは思えませんね」

「へい、そういうことです先生」

猫八は鬼の首をとったように相槌《あいづち》を打ったが、

「ところが先生、うちの旦那ときたら、久世の次男が、徳治郎を襲う理由がみつからないなんて申しやしてね」

「浦島様らしいですね」

憎めない男だが、どうもいつも腰が引けている。

二人のやりとりを聞いていたお道が横合いから言った。

「勝手な時は先生に応援を頼んで来るくせに、肝心な時には逃げ腰で、浦島様って最低ね。猫八さん、浦島様に伝えて下さい。そんなことならもう二度と千鶴先生に助けを求めに来ないでって」

「お道、それぐらいで許してやれ」

求馬が苦笑して入って来た。

「だって求馬様」

「浦島殿も今が正念場だ、何か失態を犯せばまた定中役に逆戻りというところだからな」

「だって」

「探索を放棄するというのでもあるまい。そうだな、猫八」

「へい。旦那、お察しいただいて申しわけありやせん」

「俺も調べている。そのかわり猫八、いざという時に縄をかけるのは奉行所にやってもらわなくてはな」

「恩に着ます、旦那」

猫八は頭を下げると、そそくさと帰って行った。

六

「菊池求馬殿……あなたがあの片桐道場の三羽がらすと呼ばれたおひとりですか」

堀田啓介は羨望の目で求馬を見た。

堀田の家は五百石で父親は二の丸の新御番組頭を務めている。閑職ではあるが無役ではない。

それに、堀田家の嫡男であるからか、あの久世房次郎のように追い詰められた険しいものがない。

ふっくらとした顔立ちで暢気《のんき》そうに見える青年だった。

求馬より三つ四つは年下のようだった。

「それでこちらは……」

啓介は、求馬の側に立つ千鶴を、ちらと見て微笑《ほほえ》んだ。

「桂千鶴と申します。藍染橋の袂で治療院をやっています」

「えっ……桂、もしや東湖先生の……」

目を見はる。

「はい、父をご存じですか」

「私の友人に医者になった男がいます。藪《やぶ》なんですがね」

啓介はくすりと笑って、

「藪のくせに立派な医者に憧れておりまして、その友人がよく口にしていたから覚えているのです。あんな素晴らしい先生はいないって」

「ありがとうございます」

「とんでもない、光栄です。東湖先生ゆかりの方にお会い出来て、きっと友人が知ったら羨ましがります」

「まあ……」

千鶴は思わずくすりと笑った。

「ほんとですよ。そうだ、今度具合が悪くなった時にはお願いします。いままではそれ、その友人に診てもらっていたのですが、処方を間違えているんじゃないかと思うぐらい薬が効かなかったのです」

啓介は白い歯を見せて笑った。口も当たりも柔らかい男だった。

だが、あの久世家に比べれば四分の一の家禄だが、育ちが良いのか使う言葉に嫌みがなかった。

「で、私に何の御用で参られました……」

啓介は少し改まった顔で言った。

「鹿之助から聞いたのだが、おぬし、何故道場を辞めたのだ。それまでずっと久世と一緒だったというではないか」

「ああ、そのことですか、そうか、入江先生にご心配をかけていたのですね、すみません。たわいもないことです」

　啓介は苦笑した。

「たわいもないこととは？」

「入江先生には恥ずかしくて何も申し上げなかったのですが、久世さんが勝手に怒り出しまして、お前とは絶交すると」

「ほう……絶交とは穏やかではないな」

　求馬がさらに聞き返すと、啓介は弱りきった顔で語った。

　それによれば、三ヶ月前のこと、さる筋から突然空きの出た右筆三名を若手から採りたい。それもここ数年のうちに昌平坂《しょうへいざか》の学問所で素読吟味の試験に合格しているものを有資格者とするという報せを貰った。

　これに久世房次郎も堀田啓介も、それにもう二人の仲間も手を上げたのだ。

　四人は共に三年前の素読吟味に合格していた。

　特に久世は、仲間四人の中では優秀で、その時も教授からお褒めの言葉を頂いていたほどだった。

　ただ、堀田啓介を除いて皆冷や飯食いの厄介者、誰もが新規召し抱えの一人に選ばれることを切に希望していた。

「誰が受かっても落ちても、恨みっこなしだ」

四人は約束した。

とはいえ、三つの席を狙うのは仲間の四人だけではない。

手を上げた者が何人いたのかは知らないが、最終三十人が残った。

四人もその三十人の中にいた。

最終審査を待つ間、四人は一緒に酒をくみ交したことがあったが、その時も久世には余裕があった。

啓介などは久世に比べれば、すれすれで素読吟味に合格したというのが実情だったから、望みは持っても自信はなかった。

ところが蓋を開けてみると、仲間の中で採用されたのは、啓介一人だったのだ。

「貴様、抜け駆けして賄賂《わいろ》を使ったな、卑怯者め！」

久世房次郎は、怒りに任せて啓介をぶん殴った。

殴り返してやりたかったが、啓介はぐっと我慢して、

「運が良かったんだ、こいつのお陰だ」

と腰の印籠《いんろう》を引き抜いて、つけてある根付を見せた。

猿が座っている根付だった。ちょっとした仕草や表情が剽軽《ひょうきん》な感じのする猿だった。

「招運の根付だ。そう呼ばれている。知ってるだろう」

「招運の根付だと……」

「親父殿に借りたものだ。徳治郎という者の作だ」

「ちっ、みそこなったぞ。そんなものに頼って恥ずかしくないのか貴様。そんな奴とはもうつきあえぬ」

久世は言い捨てると、それを潮に啓介も久世から離れたというのであった。

「求馬様……」

千鶴は驚いて求馬を見た。

ようやく、徳治郎と久世との接点を見つけた思いだった。

「ほんとのことを言いますと、私は久世さんたちには内緒で書道を教わっていました。親父が口やかましくいうものですから続けてきたのですが、どうやらそちらの方を、親父が素読吟味よりも重く見てくれたようなのです。頭脳では久世には敵わないのですから」

啓介は謙遜《けんそん》して言った。

根付で右筆見習いに選ばれたと思われては恥ずかしいと思ったようだ。

久世と仲違いしたもう一人の男、青山淳作は求馬が一人で出向いて話を聞いた。

千鶴が手の放せぬ患者の治療に出向いたためだ。

青山淳作は、背が低く痩せていて、男としての見栄えは決して良いとはいえなかった。

久世家は家禄が二千石、そして堀田啓介の家は五百石、ところが青山淳作の家は御家人で八十俵、しかも無役の小普請組、さらに淳作は次男坊だから典型的な冷や飯食いの厄介者、それで男ぶりが悪いとなれば男としては悪条件ばかりを背負っていることになる。

ところが、

「私と久世さんとの仲違いの原因は女ですよ」

と言うから驚いた。

淳作は、もそもそと頭を搔きながら、

「それも水茶屋の女です。両国の西詰めに『つたや』という水茶屋があるのをご存じですか」

「いや」

両国は求馬の屋敷がある米沢町とは目と鼻の先だが、水茶屋は流行廃《はやりすた》りがあって経営者がころころ変わる。

その上、金のない求馬などは高い茶代を払って女の顔を眺めに行こうとは思わないから、両国にどんな名の店があるのか頓着《とんちゃく》しないのだ。

求馬がにが笑いをしたものだから、淳作は顔を真っ赤にして、

「そこに、おりさという女がいるのです。愛くるしい顔が評判で、私も久世さんも、つまり自分の女にしたいと……で、久世さんが賭をしようじゃないかと言い出して……」

「ははん、わかった。おぬしの方が射止めたというわけか」

「はい。どういう風の吹き回しか、ご覧の通り、私は背も低いし男映えしません。久世さんは顔は彫りが深くて男ぶりがいい。てっきり久世さんに持ってかれるなと私は覚悟していたんです。久世さんも自信たっぷりでしたから、そう信じていた筈です」

「なるほど、それで久世が怒ったのか」

「私は殴られましたよ。なんでお前のような男にと……」

期待を裏切って自分を袖にしたおりさへの憤りが激しい分、淳作への嫉妬も凄まじかった。

その時になって淳作は、久世の女への想いが、自分とは比べものにならない程の深いものだったことを初めて知ったのである。

「それで私は、久世さんの気持ちを少しでも軽くしようと、おりさは別に俺に惚れたわけではない。こいつに惚れたのだ、そう言ってこれを見せたのです」

淳作は財布を取り出して、それにつけている根付を見せた。

いのししの根付だった。いのししといってもうり坊と呼ばれる可愛い子いのししである。

「徳治郎の招福の根付だな」

まじまじと見る。なるほど生きているように可愛い。

「兄に借りたのです。おまじないのつもりで……そしたら本当に福を招いてくれてびっくりしました」

しかし久世は、そんな小道具を使った卑怯者とはもう同席出来ぬと、一方的にこれまでの縁を絶つと言って来たのだ。

「私もこれが潮時かなと思っているのです。実はさる家から養子の話がありまして、ほっとしているところです。久世さんに軽蔑されようとどうしようと、私はこの根付で運を貰ったようですから有り難いと思っているのです」

淳作は、悪びれた風もなく言い、嬉しそうに笑ったのだ。

千鶴と求馬が、猫八を案内に立て、治療院に礼を述べにやってきた徳治郎とお秀を誘って、神田の金沢町にある茶漬け屋に入ったのは数日後の午後だった。

連日かんかん照りの天気だったのが俄の雨に遭い、草も木も、むろん人間も一息つけてほっとしたような、そんな日のことだった。

「お世話になった上にご馳走になっちゃあ申しわけねえ」

徳治郎はしきりに恐縮していたが、

「少し確かめたいことがありましてね、それもあってお誘いしたのです」

千鶴は言い、店の女将に二階の座敷を頼むと、総勢五人が階段を登って外の見渡せる小座敷に入った。

「今日はいい鮎《あゆ》が入っていますが、いかがしますか」

小女が早速注文を取る。

「じゃあそれを、そうですね、粗塩をかけ焼いて下さい。他には口当たりの柔らかい物をお願いします」

　千鶴は初老の徳治郎を気遣って品を決めると、窓辺に陣取って下の通りを見渡している猫八に言った。

「猫八さん、動きがあったら教えて下さい」

「任せて下さいやし」

　猫八は自信ありげに頷いた。

　猫八は、久世房次郎が現れるのを待っているのである。

　久世家は明神下と呼ばれる通りに面して屋敷があった。

　房次郎は外出の折、たいがい屋敷の門を出てくると、明神下を南に向かわず大岡豊前守の屋敷のところから東の道に折れるのが常となっている。

　これが金沢町の北通りになっているのだが、ずっと小さな水路のある道が御成《おなり》道《みち》まで続いている。

　水路の際には自然生えか、それとも町民が植えたものか杜若《かきつばた》が水路にそって花を咲かせていて、景観もよく比較的涼しい通りだった。

　その道を通って出かけていく癖が房次郎にはあるということを、この数日間の猫八の調べでわかっていたのであった。

そして総勢五人がいるこの二階は、その道が良く見渡せるところにある茶漬け屋だったのだ。

猫八の報せを聞いた千鶴と求馬が、徳治郎に久世を見せてみよう、首実検をしてみようと考えたのである。

久世は、かつて友人だった堀田啓介と青山淳作に敗北して立腹し二人と絶縁しているが、自分が友人に負けたのは、徳治郎が彫った招福の根付のせいだと考えていたとしたら、どうするだろうと考えたのである。

腹立ち紛れに徳治郎を襲ったのではないかと……ただ、それは少し乱暴な推測ではあった。

徳治郎に久世房次郎を見せて、本当に房次郎に会った記憶がないのかどうか、確かめようとしたのである。

まもなく料理が運ばれて来た。

だが、

「来た」

猫八が低い声で呟いた。

「徳治郎さん、お秀ちゃん」

千鶴は二人を促して窓辺に誘った。

下の道を、向こうから久世房次郎がやって来た。

「あのお侍さんをよく見ていて下さい」

ふて腐れたように両手をぶらぶらさせて久世がやって来る。

口には何かの枝か葉の茎のようなものを咥《くわ》えていて、片手には細くて長い枝を握っていて、どう見ても手持ちぶさたの体である。

「あっ」

お秀が声を上げた。

房次郎は、握っていた長い枝を歩きながら振り下ろし、咲き誇っている杜若の花の首を打ち落として行くのである。

まるで、怒りを花にぶつけているような感じである。

「なんてこと、しやがるんだ」

猫八が腹立たしそうに言った。

その時だった。

求馬が懐からなにやらつまんで出して、並びにある隣の醤油屋の蔵の屋根に放り投げた。

小さな石ころだった。

ころころ……音を立てて転がって落ちていくその石ころに房次郎が気づいて見上げた。

刹那《せつな》、房次郎の彫りの深い顔が、はっきりとこちらの窓から見えた。

「あっ、あのお方は……」

お秀は声を上げて絶句した。

「会ったことがあるのか、お秀」

求馬が聞いた。

「ええ、あります」

頷くと、まだ思い出せていない徳治郎に、

「おとっつぁん、あの方ですよ、ほら、根付を欲しいって声をかけてきた」

「ああ」

徳治郎は、それでようやく気がついたようだった。

それは二ヶ月前のことだったと言う。

お秀の話によれば、徳治郎につき添って外出して、柳原土手の茶屋で一服していた時のこと、ふいに立派な身なりの若い武士が二人の側にやって来た。

「根付師の徳治郎か」

若い武士は言った。

顔つきもそうだが、言葉も頭ごなしで、怖い感じの武士だった。

徳治郎が頷くと、武士は俺にも招福の根付を彫ってくれぬかと言った。

徳治郎は、それなら泉州屋という小間物問屋に言ってくれ、泉州屋が全て自分の根付のことは差配していると告げた。

すると武士は、その泉州屋に行って頼んだのだが、三年先まで予約がある。それでもよければお引受けしますと、随分無礼な言い方をされたと言うのである。

「泉州屋など通さずに彫ってくれ。手間賃は倍は弾むぞ」

武士は懐から袱紗《ふくさ》に包んだ金を徳治郎の前に置いた。

「お武家様、無茶をおっしゃっちゃあ困りますぜ。あっしはそういう仕事は致しちゃあおりやせん。何倍はずんでいただいても無理でございます」

切り餅一つは包んであるかと思えるほどの袱紗の包みのふくらみをちらと見て言った。

「ふっふ……気遅れしたか。遠慮はいらぬ。俺の親父は二千石の旗本だ」

「お大名でも返事は同じでございますよ」

徳治郎は、袱紗を突き返した。

徳治郎は何が嫌いだと言っても、この武士のように、押しつけがましい物言いが大嫌いだった。

加えて、このところの自分の根付に関する風評も好きではなかった。

確かに招福の根付と命名して、十二支や七福神や、様々な面や動物を彫ってきたが、それは自分の作品に多くの人がなじんで欲しいというささやかな望みがあったからだ。

出発が仏像彫りというところにあったせいか、人が自分の根付を見て、それでほっとして、ほんの一瞬心の安らぎを覚えてくれれば嬉しいと考えたからだった。

それが近頃では評判ばかりが一人歩きして、彫りの良さを愛でるよりも、招福という言葉に引かれて根付を求める人が多くなった。

目の前に不満そうにして立つ武士も、きっとそういうたぐいの人間に違いない。

だから金を積んでもという考えにたどり着くのだ、と徳治郎は面白くない。

「お武家様、他の人に頼みなされ、あの程度のものを彫れる者はいくらでもいる」

徳治郎はそう言ったが、

「お前の彫ったものでなければ駄目だ。お前は五代目光雲と呼ばれたそうだな。それでこそ霊験《れいげん》あらたかなのだ」

武士はもっともらしいことを言う。

決して引かぬ、俺の言うことを聞かせてみせるというような強引なものが見え、徳治郎を見る眼には陰湿な光が宿っている。

しかしそんなことで前言を翻《ひるがえ》すような徳治郎ではない。

「しつこいお方ですな、どうでもとおっしゃるのなら、三年お待ち下され。お秀、帰ろう」

徳治郎は、立ち上がった。

お秀に手をとられて戸口に行こうとする徳治郎に、

「俺を愚弄《ぐろう》したな……」

武士は血走った目を投げると、袱紗を乱暴につかんで懐に入れ、大股で外に出て行ったのだ。

お秀は話し終えると、茶漬け屋の下を通り過ぎていく房次郎を見送りながら千鶴たちに言った。

「まさか、あんなことでおとっつぁんの命を……だって、おとっつぁんがそんな調子で仕事を断るのは、別にあのお侍さんだけじゃないんですもの。おとっつぁんは出来もしないものを出来るなんて言えない性質《たち》なんですから」

「その通りだな」

求馬は言った。

「だがあの男はそういう風には思わぬ男だ。あの男は、蚊に刺されたことさえ誰かのせいにしてしまう、そんな男だ」

「しかし旦那、これであの久世房次郎が徳治郎とっつぁんを襲う理由があったとわかりやしたね。ただ、相手はお旗本、引っ張って来て問い詰めるわけにもいかねえ」

猫八は腕を組んだ。

「いいわけのきかない何かいい手段がある筈よ」

千鶴は言った。

ここまできて諦めるわけにはいかない。

「それと、徳治郎さん、しばらく外出は控えることです。いいですね」

千鶴は、じっと考えている徳治郎に念を押した。

七

「あら、お秀ちゃんとこのお婿さん、五郎政さんじゃないか」

買い物帰りの五郎政に声をかけてきたのは、銀杏長屋の住人で穴蔵大工の女房お馬《うま》だった。

亭主はもぐらのような顔をした男だが、お馬は名の通り馬のように顔が長く笑うと下駄の歯のような丈夫そうな歯が見える。

「これはお馬さん」

五郎政はぺこりと頭を下げてはにかんだ。婿と言われて照れくさかったのだ。

「あら、顔赤くなったよ」

くすくす笑ったのは、お馬の娘のおわかという娘だった。

おわかはもぐらと馬との娘にしては、美人というのではないがきりりとした顔立ちで、性格は母にそっくりでずけずけとものを言う。

「おわかちゃん、大人をからかっちゃ駄目だぜ、おいらはちょいと居候《いそうろう》しているだけだ」

五郎政はいいわけをした。

「いいんだよ、婿でも居候でもさ、仲良くやっていこうじゃないか。で、今日は買い物かい」

お馬は、五郎政が抱えている籠を覗いた。

五郎政は籠の口をお馬に見せながら、

「いいドジョウがみっかったんだ。親父さんが大好物だから鍋でもするかと買って来たんだ」

「へえ、感心だね、精がつくよ、きっとね」

お馬は頑丈な歯を見せてはっはっと笑うと、うちの宿六にも食べさせてやろうかな、などと言いながら五郎政が先ほど出てきた魚屋に向かって行った。

——やれやれ。

五郎政は冷や汗を拭きながら長屋に向かった。

正直、お秀の婿だと言われるのはくすぐったいが誇らしい。

——本当の婿だったら、どんなに幸せか……。

五郎政は、徳治郎とお秀と三人で囲む夕餉《ゆうげ》の膳を想像すると、それだけで心が満たされる。

それは、酔楽との男二人の所帯では決して味わえない、ほのぼのとして華やいだひとときなのだ。

「遠慮しないで沢山食べてね」

お秀が気遣って、飯をよそってくれるのだが、

——そうだ、そういう暮らしも今日でもう五日になる。

五郎政は、しみじみとこの長屋に住まうことになった経緯を振り返る。

それは、久世房次郎が徳治郎を襲った者に違いないとわかった直後のことだった。

「そこまでわかってきたのなら、二人から目を離すんじゃない。五郎政や、お前が二人の用心棒として住み込め」

酔楽が言い出したのだ。

「しかし親分、あっしがいなかったら親分は困るんじゃありやせんか」

一応聞いてみた。

すると酔楽はふっふっと笑って、

「お前がここに来るまで来てくれていた婆さんに頼めばいい。こちらは心配する

な」

五郎政の心を見透かしたような顔で言った。

「帰ってきたらあっしの居場所がねえ、なんてことおっしゃらないでくだせえましよ、親分」

と五郎政は言ったものの、心はもう躍っていた。

酔楽の前では渋々従ったようなふりをして出て来たが、根岸の酔楽の家が見えなくなる辺りまで来ると、五郎政は何度も飛び上がりながら駆け足になっていた。

走りながら五郎政は、

――口にも態度にも出さなかったが、最初に想いを寄せたのはおいらのほうだったんだ。

じわりとその折のことが胸に迫ってくる。

五郎政は、子役で出演していたお秀の愛らしさを、あれから何度も思い出している。

「てめえら、この野郎、止めろ！」

芝居とわかっていても、可愛いお秀を救いたくて、思わず大声を上げた自分の姿に苦笑しながら、しかしあの夜からお秀のことが頭から離れなかったなと思う。

──そうそう……。

お秀の足を河原で洗ってやった時、お秀が五郎政の肩に手をかけたが、その時もうお秀は、間違いなく女の果実のような甘い匂いがして、まだ子供ながら頭がくらくらしたのを覚えている。

その後村を捨てた時から、五郎政はその思い出も、村の景色の中に置き去りにしてきたのであった。

だが、こうして再会してみると、消してしまった筈の炭に火がついたように五郎政の胸の内には、俄に燃え上がるものがある。

──おやっ。

五郎政は、長屋の銀杏の木の下で、男が一人佇《たたず》んでいるのを見た。

着流しに雪駄《せった》履き、遊び人かと思われたが、どことなく荒《すさ》んだ感じが男にまとわりついているのを見た。

「何をしている。お前、長屋の者じゃあねえな」

五郎政は近づいて声をかけた。

「へい、ちょっと」

男はおずおずと答えた。美男というのではないが、五郎政より遥かに顔は整っている。

「長屋の誰に用だい」

つい厳しい声になってしまった。

ずっとここまでお秀のことを考えていたものだから、ひょっとしてお秀を好いてる男じゃないかと疑ったのである。

直接言えないものだから、こんなところでうじうじしてるに違いない――そう思った。

つい数日前まで自分がそうだったんだから、意気地のない男の心はよくわかるのだ。

案の定、

「あの、徳治郎さんちに、ちょいと……」

「ちょいと……」

五郎政は頭に血が上った。

「てめえ、はっきり言ってみろ。おいらは徳治郎とっつぁんところの婿だ」

睨めつけた。

「婿？」

男は怪訝な顔をした。

「この野郎、信じねえってか」

五郎政は、拳を作っている。

「いえ、また出直して参りやす」

男は、そそくさと帰って行った。

「おかしな野郎だぜ」

ふん……と鼻を鳴らして男を見送ったところに、先ほどのお馬と娘が帰ってきた。

「あたい、あの人知ってるよ」

お馬の娘、おわかが言った。

「ほんとかい、おわかちゃん」

「うん、名前は知らないけど、この間徳治郎さんちに泥棒猫みたいにして入って行った人だよ」

「お秀ちゃんに聞けばわかるかい」

「さあ、あの時お秀姉ちゃん出かけていたから、姉ちゃんの留守に来たんだよ」

「そうか……」

「泥棒猫みたいに入って行ったって言ったよね。姉ちゃんがいたら、泥棒猫は追い払われちまうよ、何言ってるの」

おわかは、五郎政の動揺を手玉にとったように笑った。ほんのねんねだというのに生意気な小娘だ。

五郎政はむっとするにはしたが、それをこらえて、

「いつのことだか覚えているかい」

「いつ……ものすごい雷と夕立ちがあって、でもすぐに止んで、きれいなお月様が出た晩……」

おわかは考え考え言った。

「何だって……」

五郎政は驚愕した。

その夕刻徳治郎が襲われたんじゃないかと思ったのだ。

――仙蔵ばかりに気をとられていたが。

五郎政は、家の中に走り込んだ。

「親父さん、親父さんが襲われた日のことだ、ここに妙な男が訪ねてきたらしいな」

五郎政は口から泡を飛ばしながら、板の間で木の選定をしていた徳治郎に訊いた。

徳治郎はびっくりした顔を上げて五郎政を見た。明らかに狼狽の色が見える。

「親父さん、言ってくれ」

五郎政は、上がり框に腰を据えた。

「五郎政さん……」

いったいどうしたのだと、台所で食事を作っていたお秀が、不安な顔を五郎政に向けたが、五郎政は構わず徳治郎を問い詰めた。

「今さっき、妙な野郎がうろうろしてたんだ、この家に、親父さんに用があって来たんだとよ……それであっしが何の用だと尋ねたら、又来ると言いやがって帰って行ったんだ」

「……」

「親父さん、何でも言ってくれねえか。親父さんが包み隠さず話してくれなきゃ、いつまでたっても解決しねえぜ」

「……」

「信用してくれてねえのかい、親父さん……あっしはねえ親父さん、この命賭けてもいい、そう思ってるんだぜ……いや、俺だけじゃねえぜ、千鶴先生だって、求馬様だって、あっしをこちらに寄越してくれた親分だって……みんな親父さんとお秀ちゃんのこと、案じているんだ。それを、内緒事して」

「すまねえ」

五郎政の口を制するように徳治郎が言った。苦しげな表情だった。

「おめえが今外で会った男は俺の倅《せがれ》だ」

「倅！」

五郎政は、びっくりしてお秀と見合った。

「倅の徳一《とくいち》だ……別れた女房と俺のもとを去った息子だ」

「なんてこった」

五郎政は、大きなため息をついた。

そんなことは知らないから、威嚇《いかく》して追い返したのだ。

「気にすることはねえんだ、五郎政さん。この間お秀がいねえ時に訪ねてきたんだが、二度とここに来るなと言っておいたんだ」

「おとっつぁん……」

お秀は心配そうな顔で、側に来て座った。

「お秀、おめえが案じることはねえ。お前には一生話さねえつもりだったんだが……」

「おとっつぁん、どうして……親子じゃないですか」

「親でも子でもねえ」

徳治郎は怒ったように言った。怒りとも憎しみともつかぬものがその声には現れていた。

「八年めえに縁が切れてるんだ、徳一とは……」

徳治郎の顔にはやり場のない怒りが見える。視線をお秀からも五郎政からもはずして言った。

「俺は八年前仏像を彫るのを止めた。それからは酒に溺れる毎日でな……明けても暮れても酒浸りだ。それで女房と徳一は俺を見限って逃げて行ったんだが……」

お秀を養女にし、新たに生きる希望を見出した頃、徳治郎はばったり回向院《えこういん》の前で徳一に会ったことがある。

　別れて五年目のことだった。

　徳一はすっかり大人になっていた。

　どこかのお店に奉公しているのか、見たところ手代の格好で見栄えも良く、この五年、しっかり生きてきたことを物語っていた。

「徳一……」

　徳治郎は勇気を出して一歩歩んだ。

　だが徳一は、徳治郎が歩み寄った分だけ後ろに下がった。

　徳一の徳治郎を見る目は他人を見ているような目をしていた。いや、他人を見るより、もっと冷たい目をしていた。

「……」

　かける言葉を探していると、徳一は忌みものにでも出会ったような顔をしたかと思うと、ぷいとそっぽを向いて行きかけた。

「待ってくれ徳一、おっかさんは元気か……」

　息詰まるような思いをはねのけて徳治郎は呼びかけた。すると徳一はくるりと向いて、

「あんた誰だよ、気安く呼びかけないでくれよな」

冷たく言い放った。

それでも徳治郎は嬉しかった。懐かしさで胸が詰まった。

もとはといえば、自分が悪い。徳一が自分に冷たいのは当たり前だと思った。

女房と徳一が自分に愛想を尽かして見限ったのも、自分の転落に歯止めがきかなかったせいなのだ。

だが徳治郎は昔の自分ではない、今はお秀のお陰だが生きる希望も湧いてきて仕事もうまくいっている。

女房や徳一が苦労しているのなら援助もしてやれるし、許されるならまた一緒に暮らしてもいい……ほんの少しの間に徳治郎は夢のようなことを考えていたのである。

「なんだって?……よりを戻したい?」

徳一は、徳治郎の申し出をけらけらと笑いとばすと、ふっと険しい顔になって、

「冗談はよしとくれ。おっかさんも俺も、もうあんたとは他人だ」

一緒に暮らしてもいいと言う徳治郎の申し出を、にべもなく断ったのだ。

それどころか、

「都合のいい時だけ親父面亭主面はよしとくれ。その様子じゃ、ひとりぼっちになって寂しくなって、だからそんな世迷《よま》い言《ごと》を言っているんだろうが、こっちは困るんだよ。いいかい、はっきりしておこうじゃないか。お互い、どこでのたれ死にしようと関係ねえんだ。親でも子でもねえ、天地が裂けたっておめえを親だとは思いたくねえ。二度と父親面しないでくれ」

徳一は、憎々しげに罵って去って行った。

だが徳一は、その時の徳治郎への冷たい仕打ちを忘れでもしたかのように、長屋に訪ねて来たのだった。

徳一に冷たく言われて三年近く経っていたが、徳一の顔を見るなり、その三年の間に何があったのか語らずとも徳治郎には察しがついた。

徳一の顔は、見るからに荒んでいた。辛くとも日の当たるところを歩いていた頃とは違って、目の光には怠惰なものが宿り、体からは裏通りを歩く男たちに共通している腐臭が染みついていた。

「親父、金を貸してくれねえか」

徳一は土間に入って来るなりそう言った。

「何をやらかしたんだ。飯の種にする金じゃあねえな」

徳治郎は言い、情けない息子の姿をじろりと見た。

「何にも言わずに貸してくれ、三十両だ」

「三十両だと……馬鹿も休み休みに言うんだな。ここにそんな大金があるわけがねえ。帰んな」

「親父……」

「お前はあの時なんと言ったんだい……忘れたのか……帰れ！」

徳治郎は鑿を振り上げて怒った。

三年前に回向院で会った時の徳一ならまだしも、目の前の徳一に金を渡してやろうとは思わなかった。

助けない方が身のためというものだろう。

しかし、

「親父、金輪際《こんりんざい》だ、頼む……夕方金をとりに来るのだ。場所は和泉橋を渡ったところの佐久間町の『だるま』てえ店だ。親父を信じて俺は待ってる」

徳一は一方的に言い置くと出て行ったのだ。

「そういうことだよ、五郎政さん。それであの日お秀にも黙って出かけたんだ」

徳治郎はそう言うと、

「お秀、すまねえな。お前に黙って貯めてあった十両をあいつに渡してやったんだ。手切れ金だと思ってな」

「おとっつぁん、そんなことはいいんですよ。あたしは、おとっつぁんとの暮らしがあれば、それで嬉しいんだから」

「お秀……」

徳治郎は腰の手ぬぐいを引き抜くと、鼻に押し当ててちんとかんだ。

「親父さん、すると、親父さんはその帰りを狙われたんだな」

五郎政が言った。

「へい」

――すると、親父さんを襲った奴らは、徳一の存在も知ってるな……そうか、隣人の仙蔵が何もかも伝えているにちげえねえ。

五郎政がそう考えたその時だった。

「徳一のやつめ、また金の無心に来たのかもしれねえ」

徳治郎が、苦々しそうに言った。

八

徳一は佐久間町のだるまで、酒を呷《あお》っていた。

――ちくしょう、もうこの江戸から姿を晦《くら》ますしかねえ。しかし、路銀がなくちゃあ、のたれ死にだ。

返す返すも、あんなところでごつごつした顔の変な野郎に会ったためにこのざまだ。

養女がいるとは、この前親父に聞いていたが、あんな婿がいるなんて知らなかった。

――五郎政と言ったな……。

あの野郎に邪魔されずに親父から金を貰えねえものかと、徳一はあれから酒を飲みながらあれこれと腐心しているのであった。

とは言っても、酔っぱらって怒りが先に来る。

徳一の胸の中では、この世でけっして許せねえのはただ一人、父親だった。

あの父親のためにおふくろと俺がどれだけ苦労をしてきたか。親父にはまだ伝えていないが、そのおふくろが昨年ひょんなことから、油問屋の楽隠居の妾になった。

おふくろは俺のためだと……俺がいつか店を持つ時のために金を貯めるのだと言っていたが、それはおふくろの方便で、徳一は自分が置き去りにされたと思った。

母は細々と造花の内職をして暮らしていた。そんな暮らしに嫌気がさして、少しは安楽に暮らしたいと思ったに違いない。

大の男がと笑われるかもしれないが、幾つになっても子は親を慕うものだ。徳一は父親だけでなく母親にも捨てられ置き去りにされ、ひとりぼっちになったと思った。

整理のつかない荒んだ気持ちを鎮めるために、徳一はそれまで口にもしなかった酒を飲んだ。

父が溺れたあの酒に手をつけた。そしてその次にはお定まりの博奕の世界に入っていったのである。

集金の金を充当したのが始まりで、それでも足りずに胴元から金を借りている。

当然奉公先を追われて久しい。

住まいは母親と暮らした深川の裏店があり、家賃は母親が払ってくれているものの、そこに帰る気にはなれない。

結局賭場をねぐらに過ごしているが、もうそれも出来なくなった。

借金がかさんで、今日明日のうちに五十両の金を作らねば命もとられかねないのである。

半月まえに親父に貰った十両は、そのまま胴元に渡したが、それで借金が綺麗になったわけではなかったのだ。借りた金の一部だったのだ。

——それもこれも親父のせいだ。

徳一はそう思う。のほほんと暮らしている父親が許せなかった。

「くそっ」

徳一は拳骨で飯台を思い切り叩いた。

「徳一さんだね」

その時徳一の前に座った男がいた。

「だれだい、おめえは……」

憤るたびに盃を干した徳一は、酔った目で男を見た。

「あっしは仙蔵というけちな男で……」

「仙蔵？」

「へい。おめえさんの親父さんの隣に住んでる者だ。だから親父さんのことも、おめえさんのことも、全てお見通しだってことだ」

「何だと」

「へっへっ……おめえさん、金の無心にいっただろうが」

「どうしてそれを……」

「野暮なことは聞くんじゃねえ。俺はおめえがあんまり気の毒だからよ、こうしてここに来てやったんじゃねえか」

「俺が……気の毒？」

「あんたの親父は今じゃあたいそう有名な根付師だ。一体彫れば五両はするといわれている招福の根付師だぜ」

「一体彫って五両だと……」

徳一は驚いて、目の前の男に焦点を合わせた。

「やっぱり知らなかったようだな。あんたに渡した十両なんて、今の親父さんにすれば雀の涙だ。それをおめえは這《は》い蹲《つくば》るような思いをして貰ったってわけだ」

「ちくしょう」

徳一は酔った勢いで飯台を打った。

「俺が生きるか死ぬかの頼み事をしたというのに、親父は十両が全財産だと持ってきたんだ」

「どうだい、もう少し金がいるんじゃねえのかい」

「……」

「五十両作らなかったら、おめえ、命をとられるぜ」

「何故知っている」

「蛇の道は蛇……さっきからおめえさんのことはお見通しだと言ってるだろう」

「……」

「何を目をしろくろさせていやがるんだ。徳一さんよ、親父をぎゃふんと言わせて、金もたっぷり巻き上げるという話にのらないか」

「何だと……」

「こっちもあんたの親父には酷い目に遭ってるんでね」

「どうやって懲《こ》らしめるんだ。あの家にはめっぽう力の強そうなむさい男がいるぞ」

「おめえさんと組めば、いい考えがある」

仙蔵はじっと徳一の顔を見た後、手招きした。

二人には周囲の喧噪など耳にはいらないようである。額を寄せ合ってなにやら相談に入った。

だが、そのすぐ後ろには、猫八がそしらぬ顔で呑んでいた。

「親父……」

猫八は勘定を飯台に置くと、二人の側をすり抜けて外に出て行った。


雨はひとしきり降って止んだ。

涼しい風が川から土手に上ってくる。

柳森稲荷で雨宿りをしていた徳治郎は、杖を支えにして立ち上がると、もう一方の腕を支えている千鶴と、ゆっくり柳原の土手に向かった。

柳森稲荷の西方に矢場があるが、その近くに普段は使っていない小屋がある。

夕べ徳一からの呼び出しがあったのだが、指定された場所がそこだったのだ。

徳一の手紙には、恩ある人を助けるために金がいる。五十両持ってきてほしいとあったのだ。最後に、その金が無かったら、その人はむろんのこと、自分も命はないと書かれてあった。

徳治郎の家に呼び出しの手紙を放り込んだのは、隣に住む仙蔵だったが、猫八から報告を聞いていた千鶴は、仙蔵の奸計《かんけい》にはまったような顔をして、徳治郎に金を持って徳一に会うように勧めたのである。

果たして、伸びきった茅《かや》が音を立てて靡《なび》く土手に、徳一と仙蔵と久世房次郎が現れた。

「親父、金を持って来てくれたのか」

久世の徳治郎への恨みを知らない徳一は、百万の味方を得たような顔をして言った。

「徳一、目を覚ませ。そこにいる二人がどんな悪党か知っているのか」

徳治郎は毅然《きぜん》として言った。

「親父！」

「いいか、そんなお前に渡す金など無い」

「ちくしょう、それでも親かよ」

歯ぎしりする徳一を押しのけて、

「退け、俺がお前の恨み、晴らしてやる」

仙蔵がいきなり匕首《あいくち》を抜いた。

「徳一さん、その人たちの狙いは、あなたのおとっつぁんの命をとることだったんですよ」

千鶴が徳治郎の前に出て言った。

「うるせえ、黙ってろ」

仙蔵が飛びかかって来た。

千鶴は携帯していた小太刀を抜きざま、仙蔵の刃をはね除けた。

だがその時、千鶴の視線の先に刀を抜く房次郎が見えた。

「徳治郎さん」

危ないと叫びながら、仙蔵の突きを躱して振り向いた。

房次郎の刀が茅の葉を薙《な》ぐように光ったその時、誰かが徳治郎に飛びついて茅の茂みの中に突き倒し、もう一人が房次郎の剣を跳ね上げていた。

「誰だ」

よろめいたが体勢を整え再び構えた房次郎が叫んだ。

「覚えていないか、俺はお前を覚えているぞ」

飛び込んで来たのは求馬だった。

そして、徳治郎を茅の中に突き倒したのは五郎政だったのだ。

「片桐道場の……」

房次郎は驚愕して求馬を見た。

「気の毒だが、お前の剣では俺には勝てぬ。それとも、試してみるか」

きっと見据える。

「退いてくれ。武士としてどうしても譲れぬ怨みがある」

「武士の怨みだと……聞いた風なことを言うな。よくも恥ずかしくないものだ。お前の卑劣な正体は全て調べてある。もう逃げられぬぞ」

「うるさい」

房次郎が叫びながら袈裟《けさ》斬《ぎ》りに斬りかかってきた。

「ふむ」

求馬は少しも動ぜずこれを切り下げると、踏み込んで房次郎の喉元にぴたりと剣先を当てた。

「くっ」

房次郎が膝を地面につけるのと同じくして、仙蔵の匕首が千鶴の剣ではねとばされていた。

「ああ、ああ……」

あわてふためいて逃げる徳一の足下に、求馬が鉄扇を投げた。

徳一は、重たい音を立てて茅の中に倒れ込んだ。

「千鶴先生」

浦島亀之助と猫八が走って来た。

「猫八、いいところに来てくれた。縄をかけろ」

求馬が言った。

「徳治郎さんは……」

振り向いた千鶴は言葉を呑んだ。

徳一が徳治郎に走り寄り、五郎政と二人して両脇から抱え起こしていたのである。

——徳一さん……。

千鶴は、息子の支えを拒むに拒めず当惑した顔で立ち上がった徳治郎に微笑んで頷いていた。

「まあ、これを五郎政さんに……」

千鶴はお秀が千鶴の掌に置いた根付を見て驚いた。

かっぱの根付だった。

「これ……お秀ちゃんが彫ったんですか」

千鶴の声に、お道もお竹ものぞき込む。

「可愛い」

お道が取り上げて、まじまじと見る。

かっぱが小首をかしげて傘に手をやり、まんまるい眼でこちらを見ている根付である。

「でもどうして……」

お道はお秀に聞くが、

「ああ、かっぱ政ね」

にやりとしてお秀に念を押した。

「ええ、かっぱ政さんのつもり、私が初めて彫った根付を五郎政さんに貰ってほしくて」

「あら、じゃあお秀ちゃんが直接渡してあげれば、ねえ、先生」

「ええ、そうですよ。どんなに喜ぶかしれませんよ」

「でも……」

お秀は、頬を真っ赤にして俯いた。恥ずかしさで泣きそうな顔になっている。

「わかりました、五郎政さんに渡してあげますよ」

千鶴は微笑んでお秀を見た。

「ありがとうございます。じゃあ私はこれで……おとっつぁんが待ってますから」

お秀はぺこりと頭を下げると、軽やかな下駄の音を鳴らして帰って行った。

お竹が言った。

「先生、五郎政さんとお秀ちゃん、一緒になるんでしょうか」

「なるかもしれないけど、まだ先の話でしょうね。徳一さんのこともありますからね」

千鶴は言い、遠くを見た。

徳一は今頃東海道を上っている筈である。

父親の命が狙われるのを目の当たりにした徳一は、流石に反省したらしく、徳治郎の言うことを聞いて、京の仏師の家に修業に旅立ったのである。

緑に映えるその道は、徳一だけのものではない。徳一の借金五十両を払ってやって送り出した父親徳治郎のものでもあり、妹となったお秀の道でもあった。

「千鶴殿、久世の処分が決まったそうだぞ」

いつの間にか求馬が来ていた。

「徳治郎は幸い命をとられずに済んだが、一つ間違えば今頃どうなっていたかわからぬ。罪は重いと見たのだろう。江戸払いと決まったそうだ。これでやっと徳治郎も安心して暮らせるな」

「ええ、ほんとに……」

千鶴は胸をなで下ろした。

激しい雨が降り込めた後に差し込んで来る一条の陽の光を、千鶴は徳治郎とお秀の頭上に見たように思った。

この作品は双葉文庫のために書き下ろされました。

双葉文庫

ふ-14-05

藍染袴《あいぞめばかま》お匙帖《さじちょう》

漁《いさ》り火《び》

2008年7月20日　第1刷発行
2023年9月 1日　第12刷発行

【著者】
藤原緋沙子《ふじわらひさこ》

【発行者】
箕浦克史
【発行所】
株式会社双葉社
〒162-8540 東京都新宿区東五軒町3番28号
［電話］03-5261-4818(営業部)　03-5261-4833(編集部)
www.futabasha.co.jp(双葉社の書籍・コミックが買えます)
【印刷所】
株式会社亨有堂印刷所
【製本所】
株式会社若林製本工場
【カバー印刷】
株式会社久栄社

【フォーマット・デザイン】
日下潤一

ISBN978-4-575-66339-6 C0193
Printed in Japan

藤原緋沙子　著作リスト

	作品名	シリーズ名	発行年月	出版社	備考
1	雁の宿	隅田川御用帳	平成十四年十一月	廣済堂出版	
2	花の闇	隅田川御用帳	平成十五年　二月	廣済堂出版	
3	螢籠	隅田川御用帳	平成十五年　四月	廣済堂出版	
4	宵しぐれ	隅田川御用帳	平成十五年　六月	廣済堂出版	
5	おぼろ舟	隅田川御用帳	平成十五年　八月	廣済堂出版	
6	冬桜	隅田川御用帳	平成十五年十一月	廣済堂出版	

7	春雷	隅田川御用帳	平成十六年　一月	廣済堂出版	
8	花鳥		平成十六年　四月	廣済堂出版	四六判上製
9	恋椿	橋廻り同心・平七郎控	平成十六年　六月	祥伝社	
10	夏の霧	隅田川御用帳	平成十六年　七月	廣済堂出版	
11	火の華	橋廻り同心・平七郎控	平成十六年　十月	祥伝社	
12	紅椿	隅田川御用帳	平成十六年十二月	廣済堂出版	
13	雪舞い	橋廻り同心・平七郎控	平成十六年十二月	祥伝社	
14	風光る	藍染袴お匙帖	平成十七年　二月	双葉社	

15	夕《ゆ》立《だ》ち	橋廻り同心・平七郎控	平成十七年　四月	祥伝社	
16	風蘭	隅田川御用帳	平成十七年　六月	廣済堂出版	
17	遠花火	見届け人秋月伊織事件帖	平成十七年　七月	講談社	
18	雁渡し	藍染袴お匙帖	平成十七年　八月	双葉社	
19	花鳥		平成十七年　九月	学研	文庫化
20	照り柿	浄瑠璃長屋春秋記	平成十七年　十月	徳間書店	
21	冬萌え	橋廻り同心・平七郎控	平成十七年　十月	祥伝社	
22	雪見船	隅田川御用帳	平成十七年十二月	廣済堂出版	

藤原緋沙子　著作リスト

23	春疾風《はやて》	見届け人秋月伊織事件帖	平成十八年　三月	講談社	
24	父子雲	藍染袴お匙帖	平成十八年　四月	双葉社	
25	夢の浮き橋	橋廻り同心・平七郎控	平成十八年　四月	祥伝社	
26	潮騒	浄瑠璃長屋春秋記	平成十八年　七月	徳間書店	
27	白い霧	渡り用人片桐弦一郎控	平成十八年　八月	光文社	
28	鹿《は》鳴《ぎ》の声	隅田川御用帳	平成十八年　九月	廣済堂出版	
29	紅い雪	藍染袴お匙帖	平成十八年十一月	双葉社	
30	暖《ぬくめ》鳥《どり》	見届け人秋月伊織事件帖	平成十八年十二月	講談社	

31	桜雨	渡り用人片桐弦一郎控	平成十九年 二月	光文社	
32	蚊遣り火	橋廻り同心・平七郎控	平成十九年 九月	祥伝社	
33	さくら道	隅田川御用帳	平成二十年 三月	廣済堂出版	
34	紅梅	浄瑠璃長屋春秋記	平成二十年 四月	徳間書店	
35	漁り火	藍染袴お匙帖	平成二十年 七月	双葉社	